As raízes na água

Editora Appris Ltda.
1.ª Edição - Copyright© 2022 da autora
Direitos de Edição Reservados à Editora Appris Ltda.

Nenhuma parte desta obra poderá ser utilizada indevidamente, sem estar de acordo com a Lei nº 9.610/98. Se incorreções forem encontradas, serão de exclusiva responsabilidade de seus organizadores. Foi realizado o Depósito Legal na Fundação Biblioteca Nacional, de acordo com as Leis nos 10.994, de 14/12/2004, e 12.192, de 14/01/2010.

Catalogação na Fonte
Elaborado por: Josefina A. S. Guedes
Bibliotecária CRB 9/870

L878r 2022	Lorusso, Vincenza As raízes na água / Vincenza Lorusso. - 1. ed. - Curitiba: Appris, 2022. 183 p. ; 23 cm. ISBN 978-65-250-2934-4 1. Autobiografia. I. Título. CDD – 869.3

Appris editora

Editora e Livraria Appris Ltda.
Av. Manoel Ribas, 2265 – Mercês
Curitiba/PR – CEP: 80810-002
Tel. (41) 3156 - 4731
www.editoraappris.com.br

Printed in Brazil
Impresso no Brasil

VINCENZA LORUSSO

As raízes na água

FICHA TÉCNICA

EDITORIAL	Augusto V. de A. Coelho
	Marli Caetano
	Sara C. de Andrade Coelho
COMITÊ EDITORIAL	Andréa Barbosa Gouveia (UFPR)
	Jacques de Lima Ferreira (UP)
	Marilda Aparecida Behrens (PUCPR)
	Ana El Achkar (UNIVERSO/RJ)
	Conrado Moreira Mendes (PUC-MG)
	Eliete Correia dos Santos (UEPB)
	Fabiano Santos (UERJ/IESP)
	Francinete Fernandes de Sousa (UEPB)
	Francisco Carlos Duarte (PUCPR)
	Francisco de Assis (Fiam-Faam, SP, Brasil)
	Juliana Reichert Assunção Tonelli (UEL)
	Maria Aparecida Barbosa (USP)
	Maria Helena Zamora (PUC-Rio)
	Maria Margarida de Andrade (Umack)
	Roque Ismael da Costa Güllich (UFFS)
	Toni Reis (UFPR)
	Valdomiro de Oliveira (UFPR)
	Valério Brusamolin (IFPR)
ASSESSORIA EDITORIAL	Manuella Marquetti
REVISÃO	José A. Ramos Junior
PRODUÇÃO EDITORIAL	William Rodrigues
DIAGRAMAÇÃO	Bruno Ferreira Nascimento
CAPA	Eneo Lage
REVISÃO DE PROVA	Bianca Silva Semeguini
COMUNICAÇÃO	Carlos Eduardo Pereira
	Karla Pipolo Olegário
LIVRARIAS E EVENTOS	Estevão Misael
GERÊNCIA DE FINANÇAS	Selma Maria Fernandes do Valle

À Emily.

Agradecimentos

Agradeço, antes de tudo, à Daniele de Prosperi, que acreditou na minha história e me abriu as portas da Europa Edizioni. À minha editora, Claudia Laganà, sem seu apoio eu não teria sido capaz de dar alma e luz à esta biografia, que talvez teria permanecido nas páginas dos meus diários.

Sou grata à minha filha, Emily, que me permitiu contar minha história sem disfarces, "é a vida que você viveu, no bem ou no mal", e me ajudou a tornar mais fluidos alguns parágrafos e capítulos. Com seu *English style*, cortou partes repetidas, adjetivos e vírgulas de sobra. Eu entendi, no final da redação do livro, que minhas raízes estão nela e em tudo o que ela representa.

À Barbara Ricciardi, que foi promovida à minha "revisora de esboço", pelas correções, pelo seu encorajamento e pela sua contribuição durante a redação deste livro.

À Giovanna Lachi, por seus *insights* e pontos de reflexão inspiradores.

Um agradecimento especial à minha amiga Maria Auxiliadora do Carmo Moreira, que corrigiu a versão portuguesa do livro traduzida por minha filha, Emily.

Gratidão às minhas gatinhas, Magra e Gorda, elas nunca saberão da minha gratidão, mas a companhia delas sempre foi carinhosa e calorosa.

Ame e faça o que quiser

(Santo Agostinho)

Prefácio

O que diferencia um diário íntimo de uma história cujas raízes não mergulham na água, mas na lama das aldeias africanas, no ar insalubre dos que vivem na América Central e do Sul?

Eu diria nada, porque ambas as "circunstâncias" são, na verdade, o fulcro no qual afundam as raízes da vida da protagonista e autora desta obra.

O que ela vive e compartilha com o leitor por meio do texto é muito mais, e muito diferente, do que possa parecer. Ela nos transporta para seu próprio mundo, para os cenários em que ela mesma viveu, narrando episódios, fatos e circunstâncias, como se fosse uma espécie de diário de viagem, ou melhor, um pedaço de vida real em lugares remotos, tudo apontando à busca de algo.

O início do livro conta um episódio pessoal que estabelece uma clara dicotomia entre o que vem antes e o que vem depois. O tiro de espingarda, nunca se sabe por quem nem o motivo, ferirá seriamente a cabeça da autora, colocando sua vida em perigo e, de certa forma, determinando não tanto os eventos subsequentes, mas a visão e a atitude de vida que seguirão. Com o desenrolar dos acontecimentos, com lentidão, como faz a vida a despeito de nós mesmos, emerge uma história no espelho. O reflexo da realidade, a sua sombra, a silhueta dos fatos e das pessoas que se projetam dentro dela, ou talvez, o que há dentro dela investirá na realidade e a determinará?

Um jogo de reflexos e sombras que se propõe e se repropõe, proporcionando-nos a cada vez imagens diferentes, umas vezes especulares e outras vezes deformadas, como naquelas galerias de alguns parques de diversões dos anos de 1950, nos quais, com pouco dinheiro, você podia se ver nas formas mais bizarras. Cada evento ressoa ecos distantes e desses ecos remotos retorna uma espécie de oscilação nos dias de Vincenza, mudando continuamente sua abordagem da vida. Nesse segundo aspecto, na minha opinião, está a verdadeira natureza da história.

A todos nos acontece de sonhar. O sonho nos fala mais do que qualquer *ratio*, mais do que qualquer especulação em que a razão busca seu próprio papel e sua afirmação. O sonho nos revela e, assim como no sonho, por meio de uma filigrana de sinuosidades narrativas, de retornos e partidas, de personagens que acompanham o texto e o marcam em certas passagens, vislumbram-se os elementos constituintes que compõem a espinha dorsal da narrativa: a busca.

Talvez, tratando-se de uma médica que narra e conta sobre si mesma, o termo "busca" é o mais apropriado. Entretanto, nesta minha pobre e limitada análise, eu me refiro a um tipo diferente de busca. Aquela em que cada um de nós, por meio de nossas próprias experiências e intenções, dedica-se a uma meta, ou melhor, a um objetivo. Nesse caso, a clareza de ideias é necessária para perseguir o que pensamos ser o propósito da nossa vida, quando pretendemos empreender uma "viagem" que nos leva por territórios desconhecidos da nossa existência.

Pelo que Vincenza nos conta e compartilha com o leitor, talvez não seja exatamente assim. A sua viagem, seja física, pelos continentes e países, por intermédio da pobreza e das doenças, seja pessoal, toca diferentes acordes. Ela enfrenta um tema que a levará à derrota, como acontece com todos aqueles que se propõem a derrotar algo enorme, algo que nos precedeu e que nos seguirá: a doença, a miséria, a lama do desespero e da morte injusta e desconhecida. E tudo isso, dentro dela, ainda encontrará uma resposta idêntica à pergunta, porque certas perguntas têm um significado em si mesmas e não há outra resposta possível além de uma, a única, a mesma. A vida só tem sentido por como é vivida e se fazem escolhas sem estabelecer metas.

Como Winston Churchill disse, aos que comentavam que lutar sozinho contra o poder avassalador da Alemanha de Hitler era uma causa perdida, *"As causas perdidas são as únicas pelas quais realmente vale a pena lutar"*. Nosso sentido da vida está todo aqui. Vincenza sabe bem que as pessoas não mudam, que a vida é sempre igual a si mesma, que as grandes revoluções trazem consigo grandes reações e que nada, no final, muda realmente. Mas isso não é importante. Desempenhar o papel que escolhemos, isso é o que conta. Vincenza pode não ter mudado o mundo, mas ela o tem atravessado, e nessa passagem cada um de nós leva algo consigo e deixa algo.

Essa é a única contribuição que podemos fazer, nos diz Vincenza; e ela também nos diz que cada escolha tem um preço a se pagar. Ela pagará todas as contas que a vida lhe apresentará, como o leitor verá. No final de cada vida, a cada um de nós fica a mesma coisa: ter escolhido como vivê-la. Também encontramos isso em *Raízes na água*, porque as raízes são fortes se forem firmemente plantadas no solo, mas a água é a fonte da vida. De todas as vidas. Da nossa também e não apenas a de Vincenza.

Massimo Materassi
escritor

Sumário

BLACKOUT 17

1. A colheita das azeitonas 21

2. Um mundo só meu.. 29

3. Para além do Equador 41

4. Estrelas para além do oceano 51

5. Un balazo, doctor.. 63

6. Viajando com Zapatos 77

7. O último milho 93

8. Emily: uma solução para tudo 111

9. A névoa no coração 117

10. Naggalama, Caccalama 129

11. Diretora eficiente, diretora irreverente 135

12. O que é RAME? 143

13. SHEDRACK.. 151

14. Bem Confuso 159

15. Afundando 173

Blackout

Tudo aconteceu em um instante, antes que eu me desse conta, um barulho ensurdecedor, uma dor intensa, lancinante, e depois uma luz branca ofuscante em meus olhos, como um relâmpago e, então, a escuridão total. Foi à uma e meia da tarde do dia 22 de fevereiro de 1995.

O avião que deveria sair da Guatemala e me levar definitivamente para a Itália estava previsto para cinco dias depois. Pensamentos confusos passavam pela minha cabeça. Já se passara um ano desde que eu havia concordado em trabalhar como médica voluntária na Guatemala, enquanto esperava começar a residência médica. Em um dia frio de novembro de 1993, logo após a minha formatura, eu estava indo embora, cheia de sonhos e esperanças, pronta para me tornar finalmente útil por meio do meu trabalho, embora receosa pelos afetos que me fariam falta: meus amigos, a minha vida em Siena, a família. A viagem, para mim desconhecida, à Guatemala me provocava ansiedade, mas, ao chegar a Santa Elena, me apaixonei pelo universo desconhecido, pela simplicidade e pelo sorriso meigo e acolhedor das pessoas.

Após um ano, a viagem de retorno à Itália se aproximava e provocaria o distanciamento das novas amizades, das meninas do convento, dos colegas da clínica, de Nicolás. Mas, naquele instante, quando tudo se apagou e eu perdi os sentidos, não tive tempo de pensar sobre tudo isso.

Seis horas antes, enquanto esperava por Paolo e Marco no aeroporto de Santa Elena, no Petén, revia mentalmente todo o andamento do projeto sanitário para a construção de latrinas, que estava acompanhando, repetia para mim mesma os resultados das pesquisas que vinha realizando, com autonomia desde janeiro, e esperava com todas as minhas forças que estivesse tudo pronto para a fase operacional. Marco tomaria meu lugar e daria início à distribuição de medicamentos antiparasitários para todas as crianças infectadas e à instalação das latrinas, que deveriam ser enviadas da Cidade da Guatemala.

Quando chegamos a Flores, nos cumprimentamos calorosamente e, após um cafezinho na casa da irmã Rosalia, a diretora do convento, começamos logo a falar sobre as atividades em curso.

O motorista da diretoria de saúde, Júlio, que me acompanhava em todas as minhas peregrinações pelas aldeias, logo chegou, pontualíssimo como sempre. Naquela manhã, planejávamos ir até a Aldeia do Cruce para a coleta de rotina de fezes a serem analisadas, em busca dos parasitas que tornavam as crianças anêmicas e malnutridas. Teria sido essa a ocasião para explicar a Marco como gerir o projeto, dando continuidade ao que eu havia começado. Me preocupava a avaliação que Paolo teria feito do meu trabalho e sabia que encontraria do que reclamar, sendo ele extremamente meticuloso e severo, o que me causava uma certa ansiedade.

Depois de cerca de uma hora, chegamos à Aldeia do Cruce, onde encontramos uma razoável quantidade de pessoas nos esperando. Passamos a manhã inteira na escola, registrando dados, entrevistando os professores e recolhendo amostras de fezes que as crianças traziam dentro de folhas de bananas, de garrafinhas de perfume ou de caixinhas de fósforos, coisas que inevitavelmente nos faziam rir.

Antes da hora do almoço, nos encaminhamos finalmente para casa, em Santa Elena.

Conversávamos tranquilamente no carro, comentando o trabalho que havia transcorrido de forma positiva para minha grande satisfação; não havia vestígios dos atritos que nos últimos meses vinham afetando meu relacionamento com Paolo. Por mais que agora ele fosse simplesmente Paolo e não mais "o professor Guglielmetti", inflexível, mas brilhante docente de infectologia que havia sido meu tutor de tese, eu continuava a temê-lo e ao mesmo tempo admirá-lo, o que me atormentava e me fazia suar cada vez que ele franzia a testa e comentava algo do meu trabalho, sempre com uma observação crítica negativa, dando a mim a sensação de que havia sempre algo de errado.

Foi exatamente por esse temor que Paolo me provocava, que, quando Júlio me perguntou "Você quer dirigir?", sabendo o quanto eu adorava fazê-lo, recusei.

Tínhamos percorrido apenas alguns quilômetros quando esbarramos num tronco de árvore no meio da estrada.

— Troncos de árvore no meio da rua podem ser uma armadilha usada por ladrões para bloquear veículos e depois atacar as vítimas e roubar delas o pouco que possuem — disse Júlio, com inocência, sem pensar que poderia ser uma armadilha para nós também.

Ninguém deu importância a esse comentário, acreditando na improbabilidade que pudesse realmente tratar-se de uma emboscada. Júlio e eu, que estava no lado do passageiro, saímos do carro para remover a árvore caída e liberar a estrada. Depois de quase um ano no Petén, trabalhos manuais não me assustavam e aquele tronco era até bastante leve. Tendo eliminado o obstáculo, entramos novamente no veículo. Assim que fechei a porta, senti uma pancada violentíssima na cabeça e assobios nos ouvidos, a visão embaçada e uma dor paralisante que me impedia de falar. Por uma fração de segundos, pensei ter batido a cabeça contra a porta do carro.

"Que idiota! A mulher não faz nada direito!", "receei Paolo estar pensando en quanto ouvia o eco de sua voz distante.

— Vincenza! Vincenza! — me chamava, mas eu não conseguia responder.

Eu queria dizer: "está tudo bem, só esbarrei ao fechar a porta", porém as palavras permaneciam na minha mente sem que pudesse pronunciá-las, enquanto eu desmoronava em cima do painel do carro, paralisada por uma dor excruciante que me impedia de reagir. Ao mesmo tempo ouvia Paolo insistir com veemência

— Vincenza, Vincenza!

Porém, por mais que me esforçasse, não consegui responder.

— Cristo, o que está acontecendo? — perguntou desesperadamente Paolo.

— *Un balazo, doctor*! Um tiro — respondeu o motorista, enquanto corria para se proteger. — Um tiro!

Ouvi essas palavras, mas naquele momento, eram apenas um eco distante e abafado. De repente, tudo escureceu.

1.

A colheita das azeitonas

Quando minha mãe entrou no quarto para acordar a mim e as minhas irmãs, rezei com todas as minhas forças para que, embora tivessem falado sobre isso na noite anterior, me deixassem ir para escola naquela manhã. No entanto, minhas orações não foram ouvidas e eu também tive que me levantar e me preparar para o dia. Ainda estava escuro lá fora e pelas janelas, que ela abria sem piedade para arejar a casa, soprava um vento gélido de novembro que me feria a pele do rosto antes mesmo de colocar os pés para fora de casa.

Como todo ano, por três dias seguidos, minhas duas irmãs, meus três irmãos, minha avó e eu acompanhávamos meus pais nos campos para colher azeitonas. Me cobri da melhor forma que pude com as roupas que encontrei no armário, roupas que haviam sido usadas primeiro pela minha irmã mais velha e depois pela segunda e que, ao final, haviam chegado a mim, coisa que sempre acontecia, sendo eu a mais nova.

Não havia tempo para o café da manhã, tinha que pegar rapidamente algo para comer e alcançar minha família, que já estava pronta na porta para ajudá-los a carregar todo o material necessário para a colheita das azeitonas: os lençóis, os sacos, as cestas e as vasilhas do almoço das quais se ocupava minha mãe.

— Vocês moram nesta casa? Gostam de ter um teto sobre a cabeça e um prato quente na mesa? Então também têm que trabalhar e fazer a vossa parte!

Para meus pais, nascidos e criados com a mentalidade rural de Gravina, uma cidadezinha da Puglia com cerca trinta e cinco mil habitantes, era dado como certo que os filhos ajudassem nas tarefas domésticas, na gestão da casa e na economia de agricultura familiar: colheita de trigo, de azeitonas, no processamento das uvas para o vinho e dos tomates para preparar o molho. Rituais que se repetiam todo ano e que eu odiava porque, pontualmente, me tiravam da escola. Embora uma pequena parte de mim soubesse que se tratava da lógica natural de sobrevivência deles, o meu eu de criança, dedicada à escola acima de tudo, vivia aqueles dias todos os anos como uma tortura, uma violação de direitos.

Chegamos aos campos poucos minutos após o amanhecer. Senti um arrepio que sacudiu todo meu corpo e não entendi se a causa era o frio ou a visão daquela vastidão de árvores carregadas de azeitonas. Vê-las me impressionava, pareciam sempre as mesmas, enormes, imutáveis desde que eu conseguia me lembrar. Talvez fosse o mesmo sentimento para o meu pai, que havia herdado aquelas terras de meu avô, herança de quem sabe quantas outras gerações. Fui acordada dos meus pensamentos por um empurrão.

— Está dormindo é? Já estendemos os lençóis, se mexa e suba na árvore! — me repreendeu minha irmã Rosa, a mais velha, sempre ríspida e ameaçadora.

Eu era a única das irmãs que ainda podia subir nas árvores com meu pai e meus irmãos. Era pequena, ágil e capaz de escalar os galhos mais finos, lá no alto, e me enfiar onde ninguém mais conseguia, enquanto minhas irmãs, minha mãe e avó ficavam embaixo, para ter a certeza de que todas as azeitonas caíssem nos enormes lençóis posicionados aos pés das árvores para recolhê-las prontamente em cestos. Infelizmente, não tínhamos luvas nem ancinhos, tudo era feito com as mãos, que logo congelavam por causa das severas temperaturas do final do outono. Ficavam todas vermelhas, queimadas e rachadas tanto pelo frio quanto pelos pequenos cortes causados pelos galhos e folhas.

Um vento gelado movia os galhos das árvores e a cada rajada eu me movia com eles. Quanto mais eu subia em direção ao topo, mais eu balançava até enjoar; de vez em quando tentava descer em direção às partes centrais da árvore e parar para recuperar o equilíbrio, mas o tempo para pausas não estava previsto.

Por volta do meio-dia, meu pai acendia uma fogueira longe das árvores, enquanto minha mãe abria as vasilhas e panelas com a comida que havia preparado: era a hora do almoço, que dava a todos um pouco de alívio e calor.

Eu gostava desse momento e adorava a fogueira: aproximava minhas mãozinhas frias e as esquentava, sentindo o calor penetrar todo meu corpo e derreter o sangue congelado. Enquanto comíamos, não falávamos muito, nossa única troca de palavras se resumia a contar os sacos cheios até aquele momento e identificar as árvores a serem trabalhadas antes que escurecesse. Tendo concluído o almoço, voltávamos à labuta até que o céu se apagasse. Diante da visão da última parte do sol sumindo atrás das árvores, eu dava um suspiro de alívio, logo estaríamos de volta para casa e o frio que eu sentia no meu corpo iria desaparecer.

A cada mês de novembro, eu tentava evitar a colheita das azeitonas, mas era uma missão impossível, sendo meus pais inflexíveis em relação à questão, tanto que todos os anos me deparava com o cansaço extenuante daqueles dias e a sensação de estar balançando, que continuava até a noite quando ia para a cama dormir. Depois de três dias, quando as árvores ainda imponentes estavam desprovidas de todas as azeitonas verdes, considerava-se a colheita encerrada. Então, meu pai carregava todos os sacos para o caminhão e os levava para o lagar, onde as azeitonas eram processadas para se obter enormes garrafões do azeite que era utilizado durante todo o ano.

Com o passar do tempo, na adolescência, aprendi a inventar desculpas para não ser submetida à gélida tortura dos campos: uma prova na escola impossível de se faltar, ou uma tarefa importante, obrigando meus pais a me deixarem fora do esquema da colheita das azeitonas. Sentia muito por não ser solidária com meus irmãos, mas talvez eles não se importassem muito com a escola, ou, quem sabe, para eles era mais importante a economia doméstica. Para mim, porém, a escola era valiosíssima, quase "vital", adorava ir lá todos os dias, fazer tarefa de casa, estudar. Além disso, eu gostava muito da minha professora, Maria Antonietta, que, por sua vez, tinha um enorme carinho e consideração por mim. Jamais faltava aula de propósito, muito menos ficava doente para pular dias de escola. Qualquer instante era bom para estudar e fazer dever de casa, especialmente se fosse difícil. Minha mãe, entretanto, discordava das minhas ideias: como dona de casa perfeita, ela cuidava o tempo todo da casa, lavando tudo e sempre espanando, lustrando, limpando o que já estava limpo; para ela, uma boa mulher era aquela que sabia cozinhar, passar, manter a casa em perfeita ordem, polindo-a até que fosse possível espelhar-se nos móveis e no chão. Certamente uma boa mulher não era aquela que estudava, que fosse culta e inteligente e que se realizasse em um trabalho que não fosse o doméstico.

Consequentemente, em sua obsessão, era muito exigente e severa comigo e com as minhas irmãs, tentando nos educar como perfeitas donas de casa. Cada uma tinha sua tarefa: no dia a dia, Rosa lavava os pratos, Graziella arrumava a cozinha, e eu passava roupa; além disso, tínhamos que varrer o resto da casa, lavar as varandas ao acordar, tirar pó, passar a máquina de polir, e ai se, ao verificar o que tínhamos feito, encontrasse um fio de cabelo, ficava muito brava, começava a gritar e nos atirava qualquer objeto que encontrasse pela frente. Eram momentos de terror puro, ao qual, com o passar do tempo, nós havíamos quase nos acostumado. Quando iniciava suas avaliações sobre a qualidade das tarefas domésticas que tínhamos acabado de terminar, meu coração se acelerava, porque temia sempre sua brutalidade.

Depois do almoço, sem que ela me dissesse nada, pegava as pilhas de roupas amarrotadas e ia passar tudo. Era enlouquecedor quando ela colocava tudo imediatamente na máquina de lavar: não havia esperança de que uma peça de roupa pudesse ser usada por dois dias seguidos, assim que se tirava, a roupa acabava direto na máquina de lavar e, portanto, na pilha de roupas para passar. Por sermos uma família de oito pessoas, a quantidade de roupa para passar a ferro era sempre imensa, deixando-me pouquíssimo tempo para estudar, o que, obviamente, teria que vir após as tarefas domésticas. Depois de algum tempo, passar roupa tornou-se tão natural para mim, que, durante o período da faculdade, repetia os tópicos de estudo mentalmente ou em voz alta enquanto passava. Apesar das poucas horas que me restavam para estudar, ia muito bem na escola, o que era apreciado e reconhecido pelos professores e deixava meu pai orgulhoso.

Meu pai era um homem inteligente, trabalhador de temperamento rígido. Era muito diferente de minha mãe: enquanto ela usava as mãos, vassouras e outros objetos para nos pôr na linha, bastava seu olhar para fazer tremer a todos. Eu era a sua favorita, ainda que suas atitudes restritivas e repressivas de homem do sul da Itália me atingissem exatamente como atingiam as outras duas irmãs. Nenhuma de nós estava autorizada a falar com meninos, nem mesmo quando éramos mais novas, porque isso nos tornaria meninas mal afamadas. Rosa tentava com todas as suas forças quebrar os padrões impostos contra os quais teimosamente se rebelava sempre que podia, mas apanhava cada vez que se maquiava ou colocava uma saia mais curta do que era permitido. Minha mãe pouco falava sobre o assunto, ela se interessava somente pelo nosso lado doméstico, pois era meu pai que cuidava da nossa educação, para ele, uma boa filha não deveria sair de casa à noite, não deveria ter namorado se não fosse na hora certa, não deveria usar maquiagem e deveria vestir-se com decência, o que significava "estilo freira". Também era proibido usar calça, pois era um claro sinal de emancipação; era implícito o conceito de casar virgem, mesmo que nunca que tivesse sido expresso. Não era permitido nem ir a uma festa na qual poderiam estar alguns rapazes, diante de um nosso tímido pedido, a resposta era um "não" seco, antes mesmo de terminarmos a frase e sem nenhum direito de discutir.

Tão acostumada aos seus princípios de educação, eu evitava pedir para sair ou ir às festas, pedido que já seria negado: era inútil combater moinhos de vento, como fazia Rosa. Mas eu o amava mesmo assim, talvez mais do que a minha mãe, porque ele nunca me batia; eu era tão apegada a ele que, quando criança, desejava ser uma minúscula parte de seu corpo para poder estar sempre perto dele e segui-lo aonde quer que fosse.

Meu pau era caminhoneiro de profissão e seu trabalho lhe permitia viajar por toda a Itália, do sul ao norte, o que sempre me fascinava e me fazia sonhar com o que havia além de Gravina. Às vezes, para não viajar sozinho, ele levava minha mãe e meu irmão mais novo consigo. Uma vez, me pediu para acompanhá-lo em uma viagem para a Sicília, me proporcionando um dos momentos mais memoráveis da minha infância com ele. A viagem durou vários dias. Havia uma perfeita harmonia entre nós, percorríamos longas estradas e túneis com luzes amarelas que iluminavam a cabine do caminhão, um Scania do qual ele se orgulhava muito e pelo qual estava em dívida. Minha mãe tinha preparado a comida para os primeiros dias; mesmo sem poder esquentá-la, arrumei a vasilha com o molho e com bife rolê, mais conhecido como *braciole*. No espaço entre o meu banco e o dele, cortei o pão e a carne para que ele pudesse comer sem parar de dirigir, íamos em direção à cidade de Taormina. Aqueles eram momentos de grande doçura e afeto que permaneceriam em minha cabeça e em meu coração para sempre.

Para além desses raros momentos de concordância, os duros métodos educativos da minha família, influenciados pela cultura camponesa de Gravina, marcaram-me de forma profunda e traumática; se os tapas que minha irmã mais velha levava endureciam-na, tornando-a mais teimosa, eu os interpretava como falta de carinho por parte dos meus pais, principalmente da minha mãe. Não tendo um caráter rebelde, às vezes, me tornava o bode expiatório de coisas pelas quais não tinha culpa: se uma maçã desaparecesse do cesto que minha mãe havia escondido em cima do armário do seu quarto, para evitar que as devorássemos em poucas horas, a culpa, não sei como, caía em mim, que era incapaz de me defender senão com lágrimas.

A terceira depois de duas filhas, eu havia sido uma grande decepção para meus pais, que estavam ansiosos para ter um menino. Minha mãe contava que quando era recém-nascida, pequenininha com grossos cabelos pretos, ela me deixava chorar por horas e horas no berço sem me dar atenção porque eu era chorona e ela tinha que limpar, lavar roupa a mão e pendurá-la, sem tempo, portanto, para cuidar de mim. Às vezes, ela brincava sobre me entregar para uma senhora que não tinha filhos e que gostava muito de mim. Eu não sabia como interpretar ou processar o que ouvia e ficava desnorteada. Para ela era natural usar as mãos para nos educar, mas eu vivenciava suas explosões de raiva como extremo ódio contra mim. Dessa forma, eu tentava tornar-me invisível para fugir dela, mas claramente não conseguia, porque acabava sempre fazendo ou dizendo algo errado que a irritava.

Passei um dos meus aniversários, talvez o de treze ou quatorze anos, sem que ninguém se lembrasse ou dissesse nada, preferindo não chamar atenção de ninguém também para evitar ser alvo de chantagens e "torturas" da minha irmã maior, que muitas vezes era má, criando situações que me aterrorizavam: não tinha nada pior que despertar a ira de minha mãe por erros que, provavelmente, Rosa se divertia ao atribui-los a mim. Ela me manteve sob chantagem por vários anos, depois que disse a ela que tinha descoberto como nasciam os bebês. O segredo tinha sido revelado a mim por uma amiga, a Nina, filha da senhora que vendia leite e para quem eu levava, todos os dias, uma garrafa de vidro que ela enchia com leite de vaca fresco.

— Os genitais do pai e da mãe se encontram e nasce um bebê — sussurrou em voz baixa para evitar que alguém a ouvisse.

Fiquei escandalizada com a revelação e, na minha ingenuidade, comentei que não poderia ser verdade, porque, quando meu irmão mais novo, Giorgio, nasceu, papai estava viajando a trabalho. Por mais incrédula que eu estivesse, dividi o segredo com Rosa, que ao longo do tempo continuava a me ameaçar de contar à nossa mãe sobre minha descoberta escandalosa, obrigando-me a ceder a todos os seus pedidos. Na minha vitimização inconsciente, me convenci que era uma menina sozinha e infeliz, assim eu rezava procurando conforto em um Deus que não via, mas no qual acreditava cegamente.

Um sonho mal definido habitava minha mente. Os contornos desse sonho tomavam forma naquelas tardes em que eu estudava na varanda, forçada a estar no frio junto aos meus irmãos, enquanto minha mãe nos impedia de entrar em casa, para não sujar o chão de mármore que acabava de limpar e polir com cera. Na tentativa de fugir da realidade, voava com minha imaginação para longe daquela sensação de opressão que meu contexto familiar me provocava. Fugia para onde fosse possível controlar minha vida e ser feliz. A primeira semente do sonho indefinido que eu perseguia, germinou quando encontrei num jornal um artigo sobre Madre Teresa de Calcutá. Fiquei hipnotizada pelas palavras daquela pequena freira que me marcaram e deram forma à minha inspiração: "Durmo quatro horas por noite, acordo e digo: Bom dia, Jesus. Vou aonde quer que haja pessoas que sofrem e que tem necessidade de conforto, nunca estou cansada. Uma xícara de chá é suficiente para recuperar minhas forças".

Retirei aquela folha do jornal, dobrei-a e segurei-a perto do coração, depois colei-a na parede do quarto onde costumava estudar, em frente à mesinha, para que continuasse a me inspirar.

Não obstante, por algum motivo, sempre sentia dentro de mim um sentimento de angústia e inadequação. Eu estava impregnada dos valores católicos que me faziam sentir errada, quase má, porque estava longe da ideia de santidade que havia criado em minha imaginação de menina. Estava convencida de que, não sendo perfeita, seria condenada ao purgatório ou até mesmo ao inferno, onde cumpriria a pena pelos meus erros, pela desobediência e pela inveja. Seguir a missão de Madre Teresa me salvaria da tortura infernal? Estava perdida em fantasias criativas: me imaginava sendo perseguida como uma mártir, morrendo para salvar alguém, sendo amada e apreciada por quem eu era. Adorava parábolas como aquela do "Bom Samaritano", a do "Sal e da Luz "e a da "Ovelha Perdida", e era apaixonada pelo discurso das bem-aventuranças.

O desejo de perfeição religiosa sempre foi forte em mim, só que antes daquele momento, não sabia como realizá-lo. Com as páginas de jornal de Madre Teresa, naquele dia, decidi o sentido que daria à minha vida: lutaria pela paz, pelo amor e pela fé, procurando ser útil aos últimos da terra, garantindo-me assim acesso ao Paraíso. Tinha nove anos quando escolhi meu caminho: me tornaria freira missionária e iria para os chamados países do Terceiro Mundo para cuidar dos pobres.

Em algumas noites, ficava acordada até tarde e orava pedindo forças para realizar o sonho missionário. Como boa cristã, tentava me abster da comida para começar a me acostumar com privações e sentir na pele o sofrimento de quem não tinha comida. Minha fantasia era muito fértil, elaborava filmes nos quais eu me via como personagem principal e heroína, salvadora do mundo; me identificava em um papel imaginário de freira, pousava em frente ao espelho com uma toalha branca na cabeça como véu e fazia meu papel de noviça. Me proclamava solenemente Irmã Vincenza, mesmo não sabendo se deveria manter meu nome como freira ou mudá-lo. Se fosse possível ou soubesse como, teria ido embora de casa para encontrar Madre Teresa de Calcutá, na Índia, daria nela um abraço forte e ficaria para sempre com ela.

2.

Um mundo só meu

— Parabéns para você, nesta data querida, muitas felicidades, muitos anos de vida! — cantavam enquanto batiam as mãos.

Eu estava muito emocionada. Havia convidado amigos da escola e da igreja para meu aniversário de dezoito anos e para passarem uma tarde em casa. Minhas irmãs me ajudaram a preparar o bolo e outras iguarias. Colocamos algumas decorações e alguns discos para tocar, tornando o clima muito agradável e caloroso. Enquanto conversava com os convidados, percebi que a porta da casa se abria. Se passaram alguns segundos antes que se fechasse com um barulho seco e intenso, mas não dei importância ao ocorrido, talvez fosse só um dos convidados que tinha se atrasado.

Pela porta da sala, onde a festa acontecia, entrou meu pai, olhou rapidamente em volta com uma expressão tão séria que fez doer meu estômago. Veio até mim e me pediu para ir à cozinha com ele.

— Que história é essa?

— Qual história?

— O que fazem aqui todas essas pessoas?

— Vieram para meu aniversário. Você havia autorizado.

— Você me disse que convidaria algumas amigas. Mas isso? O que eles fazem aqui? — disse, em um tom alterado, apontando para um grupo de garotos que estavam rindo no canto da sala.

— São meus colegas da escola, amigos da igreja — tentei justificar.

— São rapazes, Vincenza, é inadmissível que haja rapazes em minha casa. Mande-os embora. Agora!

— Mas...

— Garotos não devem pôr os pés nesta casa!

Seu rosto tornou-se escuro de raiva, seus olhos, sombrios e as veias de seu pescoço começaram a estufar.

— Mas como posso mandá-los embora?

— Faça com que desapareçam e ponto final.

Senti o chão sumir debaixo dos pés. Como iria dizer aos meninos que deveriam ir embora? Que vergonha! Pedi ajuda à Maria Pia, minha madrinha de crisma, que conhecia o *modus operandi* de meu pai. Ela me ajudou a finalizar a festa e mandar embora os meninos, não sei com qual estratégia antes que meu pai interferisse. Só me lembro do extremo desconforto e da vergonha que senti ao interromper a festinha dos meus dezoito anos.

A necessidade de fugir, de quebrar os padrões rígidos dos meus pais ia se fortalecendo e me impelia, de forma quase obsessiva, para uma convicção que se consolidava dia a dia. Olhava para o artigo de jornal de Madre Teresa, já com algumas pregas nos cantos, amarelado pelo tempo, e repetia a mim mesma a promessa de fugir, de ir para longe trabalhar como médica nos países pobres. Amadurecendo, o projeto de tornar-me freira se esvaiu, ao perceber que o convento não era meu destino. Naquela época, me apaixonei por um garoto do grupo da igreja, o que provocava em mim um sentido de culpa, pois representava uma traição à promessa que fizera a mim mesma anos atrás. Ficava repetindo: "não posso gostar dele, tenho que me tornar freira, não posso gostar de meninos", mas não conseguia parar de pensar nele. Para acalmar meu conflito interior, fui falar com meu pai espiritual, o padre, a quem confessei o que temia ser um pecado muito grave.

— Você não deve se reprimir se gosta de um rapaz — ele me disse. — Sinta-se livre, se Deus te quiser com Ele, te chamará sem te deixar dúvidas. Se seu caminho não é ser freira, siga-o e esqueça o convento, e se assim não for, será Deus quem lhe mostrará o caminho até Ele.

As palavras do padre me tranquilizaram, apagando meu sentimento de culpa; era hora de abandonar a ideia do noviciado.

Ao mesmo tempo, a certeza do futuro ligada à medicina foi duramente testada por evento aparentemente insignificante. Acompanhei minha avó Grazia ao hospital para remoção cirúrgica de uma lesão de pele no rosto; porém, ao ser retirada, a ferida começou a sangrar e eu desmaiei, perdi os sentidos antes mesmo de me dar conta do que estava acontecendo.

Ao acordar e nos dias seguintes, fui acometida por um desespero descabido: se desmaio por tão pouco, como vou poder ser médica? Talvez esteja convencida, mas não vou ser capaz. Qual será meu futuro então? Embora as dúvidas me devorassem, continuei a estudar com dedicação. Fiz o ensino médio em uma escola numa cidadezinha a quatorze quilômetros de Gravina. Saía de casa todos os dias bem cedo de manhã para pegar o ônibus que me deixava em frente à escola. Antes de entrar, passava pela igrejinha ao lado para uma oração, pois, por mais que estudasse, sempre temia não passar nas provas, convencida de que nunca estava preparada o suficiente.

Eu adorava estudar e amava as matérias de humanas: latim, grego, filosofia; preferia a literatura italiana, grandes autores como Alessandro Manzoni e Giacomo Leopardi, textos de críticas literárias sobre as quais fazia pesquisas e estudos infinitos. Eu os reformulava em resumos que depois alguns colegas utilizavam como fonte de estudo, poupando-lhes o trabalho de novas pesquisas.

Depois do ensino médio, voltei a perseguir meu sonho missionário guardado em um canto do coração e sobre o qual, aos dezoito anos, não tinha mais nenhuma dúvida: na vida, a única coisa em que eu poderia me tornar era médica, não me imaginava em nenhum outro papel.

A comissão de avaliação foi generosa dando-me notas máximas, uma boa carta na manga para convencer meus pais a me deixar ir para uma universidade longe de casa.

— Pai, eu quero estudar fora.

Nesse tipo de decisão, minha mãe não se pronunciava, sendo meu pai que dava a sentença final.

— E qual é o problema? — disse meu pai. — Temos uma varanda bem grande, pode estudar "fora" todas as vezes que quiser — acrescentou, brincando.

Mas depois, com um tom mais sério, sentenciou:

— Você irá para Bari, para casa da sua tia, você verá, ela vai recebê-la como uma filha e você vai estar em segurança.

Eu não tinha intenção nenhuma de ir para Bari. A tia tinha a mesma mentalidade de meu pai e estar na casa dela seria como estar em casa, se não pior. Há anos eu vivia sob as restrições de meu pai, a universidade representava o caminho para a liberdade, a fuga da jaula na qual me sentia prisioneira.

— A universidade de Bari é superlotada, caótica, mal organizada e não é das melhores. Gostaria de ir para uma instituição universitária mais qualificada e renomada.

Eram pretextos para convencer meu pai, ainda que falsos: Bari tinha um excelente curso de medicina, mas eu precisava ir embora, o mais longe possível, e tinha que inventar qualquer coisa para convencê-lo a me deixar ir.

Seus olhos vacilavam, ele nunca tinha me visto tomar uma posição de forma tão clara, contraria à dele. Além disso, para minha grande surpresa, estava me deixando falar sem me interromper, como acontecia normalmente, então aproveitei sua hesitação para continuar com mais determinação.

— Eu quero estudar para ser médica, se você não deixar eu ir para Siena, que é uma excelente faculdade, então não vou continuar meus estudos.

Eu tinha escolhido a Universidade de Siena porque era bem cotada e bastante distante de Gravina. Minhas argumentações escondiam um tom de chantagem, mas ele não percebeu. Ficou calado, enquanto meu coração batia loucamente e acelerava sempre mais a cada momento em que ele ficava ali, sem abrir a boca.

— Preciso pensar sobre isso — disse, saindo do quarto antes que eu pudesse continuar a discutir e a insistir.

Provavelmente eu não teria sido capaz de falar mesmo se ele tivesse ficado para me ouvir, tão grande era o alvoroço dentro de mim.

***

Em novembro de 1986, comecei as aulas de medicina na terra do Palio. Quando entrei pela porta da universidade pela primeira vez, pensei estar sonhando, seria um encanto que se quebraria assim que eu acordasse na minha cama em Gravina. Mas era tudo real, meu pai tinha cedido e me deixado ir embora, desejando o melhor para mim, e eu o tinha convencido de que o melhor era Siena. Ele e minha mãe acreditavam na minha propensão para os estudos e a ideia de um dia poder se gabar de ter uma filha médica os deixava orgulhosos, pois representava um "salto de qualidade" para uma família simples como a minha.

Apesar disso, a liberdade absoluta continuou a ser uma miragem para mim: meu pai me colocou em um internato de freiras beneditinas que só hospedava garotas, proibia acesso a garotos nas habitações e impunha um rígido horário de retorno à noite. Para estar certo de que eu respeitasse as regras, ele ligava todas as noites para a recepção do colégio para se certificar de que eu estivesse no quarto. No internato, éramos cerca de quinze meninas, divididas em quartos individuais ou duplos, muito unidas como numa pequena comunidade, comíamos juntas, tomávamos café nos intervalos dos estudos, íamos a festas, ocasiões essas em que as freiras permitiam que voltássemos mais tarde. Compartilhávamos emoções, tensões, paixões e amores, apesar que, ocasionalmente, discutíamos e nos perdíamos em fofocas infantis. Eram Stefania, calma e sorridente, Rosellina, magra como um palito, Filomena, que não queria ter filhos, Marcella, linda e elegante, Claudia, esbelta com ossos salientes, Elena, que se aproveitava sempre da comida dos outros, Giovanna, sempre com batom vermelho brilhante. Eu era aquela que contava piadas que não faziam ninguém rir, exceto a mim mesma, que ria sozinha enquanto os outros me olhavam espantados. Éramos todas do Sul, da Calabria ou da Puglia.

— As pessoas da Puglia são como os chineses, estão em todos os lugares — brincava Filomena.

As meninas iam com prazer ao mercado e cozinhavam, enquanto eu preferia lavar a louça: era uma péssima cozinheira, costumava queimar tudo. Com frequência deixava a panela de lentilhas no fogão e voltava a estudar, só me lembrava quando a fumaça e o cheiro de queimado penetravam em meu quarto, o último no final do corredor.

— Você queima até água — diziam de mim.

De qualquer forma, estávamos todas sujeitas a zombarias recíprocas e risadas; cada uma tinha seu lado engraçado e peculiar, respeitado e aceitado pelas outras.

No dia da festa dos calouros, depois de ter negociado com as freiras para retornarmos às onze da noite, fomos juntas às comemorações na

Casa do estudante, ocasião na qual tive minha primeira ressaca. No ônibus de volta, explicava o mecanismo fisiológico pelo qual a cerveja induzia a urinar muito: ninguém entendia nada, mas entre minhas risadas de bêbada, rimos até sentir dor de estômago e lágrimas nos olhos. Curtia a vida realmente, pela primeira vez: momentos assim me proporcionavam uma sensação de liberdade e alegria e marcavam minha experiência universitária.

Com minha colega de quarto, Stefania, vivi uma amizade sincera e profunda. Ela era calma, nunca ficava chateada ou com raiva. Gostávamos muito uma da outra e tudo fluía harmoniosamente entre nós, nos ajudávamos nas pequenas coisas, dividíamos as roupas e nos divertíamos. Não era raro eu acordá-la no meio da noite para lhe contar uma piada ou lembrar-lhe algo.

— Sté! Tá acordada? Esqueci de te devolver o dinheiro do sanduíche.

Stefania tolerava meus caprichos, considerando-os parte de seu caminho para a santificação. Ela tinha um bom coração, não poderia ter tido uma colega de quarto melhor. Éramos diferentes e ao mesmo tempo próximas nessa diversidade, as poucas vezes em que discutíamos, nos dávamos flores uma à outra para nos desculparmos. Sofri muito quando, após a formatura, ela deixou Siena. Perdi um pedaço de mim, embora sempre nos mantivéssemos em contato ao longo dos anos.

Com os colegas da universidade era diferente. Eram de grandes cidades do centro e norte e pareciam saber muito mais sobre a vida do que eu poderia remotamente imaginar. Por mais absurdo que fosse, eu nunca tinha visto uma camisinha antes, nem sabia o que era. Em Gravina, temas relativos ao sexo eram tabus, ou pelo menos eu nunca tinha ouvido falar deles. Pelo que eu sabia, quando um garoto gostava de uma garota, ele se limitava a falar com ela, comprar-lhe um sorvete, talvez a levasse ao cinema para depois voltar para casa. No máximo, ele poderia pegar na mão dela, mas beijo na boca era coisa de adulto, não de garotos. Não era por acaso que meus colegas da faculdade zombassem da minha ingenuidade e pudor, bem como da minha inocência ao não entender piadas ambíguas. Sem dar importância a esses detalhes, eu vivia em um mundo só meu, continuando a ser atraída por coisas infantis, como desenhos animados; todos os dias, às duas tardes, corria para a Casa do estudante para ver *Candy*, que contava a história de uma menina que cresceu feliz em um orfanato e tornou-se enfermeira dedicada completamente ao trabalho. Tinha um coração puro, era alegre, confusa e desajeitada. Na sua vida tinha vivido duas lindas histórias de amor, uma com o príncipe das colinas Antony e outra com o imprudente e grosseiro Terence, que era um ator de teatro. Eu me identificava com Candy e adorava as suas aventuras.

Ancorada no mundo dos contos de fadas, eu era bem desajeitada no meu modo de lidar com garotos; me sentia insegura e limitada pela minha aparência: era um pouco gordinha, meu cabelo era grosso e encaracolado como de um leão, usava óculos, tinha maneiras desengonçadas e mil complexos de inferioridade. Mas tentava não pensar em tudo isso, concentrando-me em um único objetivo: conseguir me formar para realizar meu projeto de vida. Cada prova que eu passava era mais uma etapa concluída que me enchia de felicidade, apesar da pressão que meus pais exerciam sobre mim para que terminasse a faculdade o mais rápido possível.

— Eu passei na prova! Tirei trinta!

— Quando fará a próxima?

Com essa pergunta era inevitável que eu sentisse uma pontada de decepção.

Meus colegas se divertiam, iam para discotecas, organizavam viagens em grupo, enquanto eu me deixava absorver pelo estudo e abdicava da diversão, para não perder tempo e me dedicar totalmente às provas. Não me dava conta que desperdiçava um dos melhores momentos que se poderia viver.

Minha única diversão era ir à cantina jantar com dois colegas, dos quais era inseparável, Alberto e Gregório. Com os quais havia estabelecido uma forte ligação.

Um dia nos encontramos na faculdade para esperar os resultados da prova de química, matéria muito temida pelos alunos do segundo ano.

— Eu acho que você passou — disse Alberto, antes de chegarmos a ler a lista dos aprovados.

— Sinto que você passou.

— Bem, eu tenho certeza do contrário — respondi, com convicção.

— Eu poderia colocar minha mão no fogo, Vix.

Vix era o apelido que ele tinha me dado.

— Vamos apostar? — o desafiei. — Se eu passei, compro um sorvete para você, se não, é você tem que comprar para mim.

— Negócio fechado.

Foi ele quem ganhou a aposta, assim, depois de alguns dias, nos encontramos no centro da cidade para comprarmos sorvete na famosa sorveteria Nannini e o saboreamos sentados nos muros da praça Salimbeni. O dia estava ensolarado, o vento morno e agradável, embora ainda fosse fevereiro. Alberto era engraçado, simpático e, acima de tudo, era lindo, demais para mim. Alto, moreno, inteligente, olhar intenso, "bonito e impossível" cantava Gianna Nannini em uma canção que parecia ter sido escrita sobre ele.

Um não-conformista, um pouco desleixado, usava sempre e deliberadamente as mangas das camisas abertas, como que para se distinguir do decoro dos que eram de Siena: eu adorava esse seu lado. Radical em seus princípios, tinha ideias claras sobre o que era certo ou errado, justo ou injusto. Era genuíno e puro em seus pensamentos, representando uma mistura explosiva para um coração cândido como o meu. Quando olhava para ele, me perdia em seus olhos escuros e em seu sorriso fragoroso. Deus, como era lindo!

Voltei naquele dia para o dormitório apaixonada por ele até os ossos. *"Galeotto foi o livro e quem o escreveu"*[1] que no nosso caso poderia ser traduzido como "Galeotto foi o sorvete e quem o tomou". Perdi o controle e parti pela minha primeira fantasia amorosa com Alberto. Não demorou muito para que o meu apego a ele ficasse evidente, tampouco ele se importou em ser objeto de meu interesse, ou pelo menos assim acreditava que fosse enquanto construía a cenografia do meu primeiro filme, que eu escrevia como roteirista sonhadora. Atribuía significados desproporcionados a cada um de seus gestos ou palavras, procurando sempre elementos que sugerissem um mínimo interesse por mim. Às vezes, me esforçava para me ajeitar e me vestir melhor, apesar de ele, provavelmente, não perceber por que minhas tentativas fracassavam.

— Se esta noite ele não se dar conta de quanto você é linda, é um idiota — comentou Roseline, minha colega de estudo e nova companheira do internato, em uma noite em que tinha me arrumado e me maquiado com a ajuda das meninas.

---

[1] Dante Alighieri na *Divina Comédia*. O Inferno, 1321.

Obviamente, Alberto não notou nada.

— Vincenza, tem alguém no telefone, é para você — informou a freira pelo interfone.

Fui até o telefone no andar de baixo me perguntando quem me procurava e esperando de todo o coração que fosse ele. Sem admitir, desejava sempre um telefonema dele.

— Ei, Vix, o que está fazendo?

— Oi, Alberto! O que foi? — Meu coração batia depressa.

— Te liguei assim, sem motivo — disse, deixando-me boquiaberta.

Felicidade. Entendi naquele momento o que era. Seu telefonema foi um momento de felicidade pura e inesquecível. Alberto, por iniciativa própria, tinha me ligado "sem motivo", sem nenhuma razão, sem que eu tivesse pedido ou sequer sonhado com isso. De volta ao quarto, comecei a dar cambalhotas na cama, parecia um devaneio que Alberto, o mesmo Alberto que eu adorava, me ligasse "sem motivo". Eu estava obviamente apaixonada por ele, mas ele? Não. Não era possível. Mas então por que havia me ligado? Talvez ele também estivesse...

De qualquer forma, continuamos a nos encontrar todos os dias na faculdade ou na cantina; ele era muito meigo comigo ou assim eu interpretava as suas poucas atenções em relação a mim. Aos poucos, fomos nos aproximando; ele gostava da minha forma de ser fora do comum, ingênua e desajeitada. Eu me derretia quando me chamava com um adjetivo da Calabria, *baba*, que significava "bobinha", a palavra mais doce e íntima com a qual ele poderia ter me apelidado.

Um dia, Alberto estava cozinhando macarrão para o almoço, quando, na cozinha caótica de seu apartamento, me pediu para preparar um pouco de água com uns sachês efervescentes. Ao sacudir a garrafa, a água se derramou, molhando todo o chão.

— Oh, *baba*, você é incrível! É preciso uma grande capacidade para fazer tudo cem por cento certo, mas é preciso a mesma capacidade para fazer tudo errado como você faz! — Não era um elogio, mas com aquele *"baba"* ele transformou a crítica em um elogio.

Certa noite estávamos sozinhos esperando o ônibus num ponto perto do hospital quando, pegando-me desprevenida, me beijou. Foi um beijo casto que me fez perder a noção da realidade e me emocionou tanto que temi desmaiar. Por vários dias, flutuei nas nuvens enquanto rebobinava a fita para reviver mil vezes a única cena romântica e real da minha curta vida. Aquele ponto de ônibus tornou-se para mim o símbolo do nosso amor incipiente. Uma cena do meu filme tinha se tornado concreta, palpável e, a partir daí, comecei a construir cenários e aventuras nos quais os personagens principais, Alberto e eu, nos amávamos para além do tempo e do espaço. Alimentei esse amor a mil por hora, sentindo-me feliz como nunca, ainda não tinha saído do meu desenho animado *Candy*, apesar de ter mais de vinte anos.

De vez em quando, ele me convidava para estudar em sua casa, um apartamento que ele dividia com outros colegas da faculdade. Uma tarde, cheguei e havia um silencio absoluto, o que era estranho.

— Onde estão os meninos? — perguntei.

— Eles estão fazendo a prova de microbiologia, não estarão de volta até a noite — respondeu.

Depois daquele beijo inesquecível, estar sozinhos em casa provocava em mim uma sensação de medo e incerteza. Logo nos encontramos em seu quarto, nos beijávamos talvez um pouco desengonçados, mas curiosos. Quando suas mãos alcançaram a borda da minha blusa para tirá-la, eu parei e me afastei alarmada

— Ei, o que foi? — perguntou-me com carinho, me vendo corar.

— É só que, não sei. Talvez seja melhor você apagar a luz — pedi timidamente.

Não queria que ele olhasse para meu corpo, tinha vergonha das minhas curvas e não tinha certeza de estar à altura da sua beleza. Percebendo meu constrangimento, fechou a cortina e apagou a luz: uma escuridão absoluta invadiu o quarto enquanto eu tremia como uma folha, ciente de estar dando um passo maior do que estava preparada. Estar junto a um rapaz não era como fazer uma prova, não havia livros em que estudar. Tabus e resquícios da educação católica invadiram meus pensamentos e alertavam para o pecado, fazer isso era legitimado apenas pelo casamento. A ideia de engravidar me assustava, um medo talvez sem sentido para uma estudante de medicina, mas o mundo do sexo era para mim completamente desconhecido e eu o temia. Fiquei apavorada, confusa, os redemoinhos em minha cabeça me impediram de relaxar e viver um momento único que, por mais que estivesse claramente apaixonada por Alberto, me provocou aflição e vergonha.

No entanto, a tarde daquele 8 de dezembro foi uma data que jamais esqueceria, porque foi a partir daquele dia que essa história de amor se enraizou no meu coração e no meu corpo. Não foi o mesmo para Alberto. Depois de algum tempo, ouvi boatos de um provável caso entre ele e Claudia, uma estudante que era parte do nosso grupo de amigos. Senti meu sangue congelar e meu estômago embrulhar.

— Não é possível, não pode ser verdade, Claudia tem namorado — afirmei, convencida de que Alberto fosse ligado a mim, pois tínhamos continuado a nos ver e ficar juntos.

— São muito diferentes — disse Ângelo —, e talvez não vá durar.

Ambos tentávamos negar a possibilidade de uma história de amor entre Alberto e Claudia que contrariava meus sentimentos por Alberto, e os de Ângelo, que, por sua vez, estava apaixonado por Claudia. Chocada com o inesperado desenrolar dos acontecimentos, depois daquela conversa, comecei a observar Alberto e Claudia fora dos limites da minha imaginação.

Encontrei-me em queda livre das nuvens, coloquei meus pés de volta no chão e percebi que a atenção de Alberto em relação a mim tinha se reduzido. Ele passava a maior parte do seu tempo na faculdade com ela, estavam sempre perto um do outro e eu me sentia morrer ao vê-los conversar, olhando-se com aquela cumplicidade sólida como ferro que os acorrentava um ao outro. Foi doloroso o dia em que eu o ouvi chamá-la de *baba*, o mesmo nome pelo qual me havia apelidado. Aquele adjetivo, que por pouco tempo havia sido meu doce apelido, de repente, pertencia a outra pessoa. Isso tudo começou a partir meu coração e envenenar minha alma. Claudia era bonita, magra, intuitiva, brilhante; tinha uma família que a adorava, e pelo que eu sabia, era muito querida pelo seu namorado, seu atraente professor de violão. Ela concentrava na sua pessoa tudo aquilo que eu não era e não tinha, reforçando a minha baixa, senão péssima, autoestima e agora ela também tinha Alberto. Ele nunca me contou sobre o que havia entre eles, foram os outros que me confirmaram a ligação entre os dois. Fui obrigada a verificar com meus próprios olhos na noite em que fui à festa de aniversário de Graziano, meu colega de curso. Eu tinha certeza de que Alberto estaria lá, mas não sabia bem o que esperar, temer ou imaginar. Quando cheguei, ele já estava lá com Claudia, que sorria para ele e conversava olhando-o nos olhos. Eu os observava a distância com meu estômago revirando e, enquanto ainda esperava que fosse tudo fruto da minha esquizofrênica imaginação, vi os dois se beijando. Não estava preparada para isso e fiquei chocada: eles estavam juntos de verdade!

Desde que Ângelo havia me falado sobre isso, eu nunca tinha admitido dentro de mim a hipótese da existência do relacionamento entre eles, como se, negando-o, pudesse não ser verdade. Mas aquele beijo foi um tapa na cara violento que gritou para mim "Acorda, idiota! Qual outra prova você precisa para aceitar?" Não havia mais dúvidas. Antes que minhas pernas se dobrassem, com a morte em meu coração, peguei o casaco e fui embora em lágrimas, levando a moto a toda velocidade na contramão. Desejava bater em um carro e desaparecer da minha própria vida.

Os motoristas buzinavam e tentavam me evitar gritando contra minha aparente imprudência. Eu, completamente surda aos insultos, chorava lágrimas amargas enquanto corria sem rumo por uma estrada desconhecida. De alguma forma, cheguei em casa, fui para a cama e me afundei num estado de tristeza profunda. Me perguntei o que eu tinha sido para Alberto. Tinha me iludido e achado que sentisse algo por mim, talvez eu tivesse interpretado mal alguns de seus gestos e as atenções fruto de, quem sabe, uma simples amizade. Mas tínhamos nos beijado, tínhamos estado juntos. Eu procurava desesperadamente dar sentido a tudo o que tinha acontecido, quando a única verdade era que Alberto nunca havia se apegado a mim e que, ao conhecer Claudia, se apaixonou por ela.

Era uma tortura vê-los juntos todos os dias, durante semanas, meses, na faculdade, na cantina, nas aulas. Eu não podia mais dizer que a história entre eles fosse fruto de fofocas, eu deveria olhar para frente e me esforçar para não pensar mais nisso. Mergulhei nos estudos, me deixando absorver a ponto de passar em três provas em uma só vez. Por mais de dez anos, todas as noites, Alberto e Claudia habitaram meus sonhos, que em forma de pesadelos ressurgiram ao longo da minha vida. Dentro de mim, sempre guardei um grande carinho por Alberto.

3.

Para além do Equador

Estudar medicina me atraía e me emocionava, embora às vezes fosse tão difícil que temia não conseguir chegar até o fim. Apesar disso, nunca tive nem sombra de dúvida sobre minha escolha de vida: exercer a profissão médica em países subdesenvolvidos, vocação que tinha se estabelecido na infância, embora muitos dos meus amigos acreditassem que eu mudaria de ideia depois da formatura. Para dar um sentido de realidade ao meu projeto futuro e avaliar qual era a especialização mais apropriada, no quarto ano da faculdade, pensei em "colocar em prática" o que, até então, era apenas um sonho, assim planejei uma viagem à África.

Viajei em julho, depois que a faculdade fechou para as férias de verão. Depois de muito buscar, consegui entrar em contato com os Padres de São Camilo, que dirigiam um hospital no Quênia. Só havia um problema: eu não tinha dinheiro para ir. Meus pais não concordavam com minha escolha e jamais teriam me apoiado financeiramente (eu tampouco teria tido a coragem de pedir a eles), além disso, eu não trabalhava, portanto não era fácil realizar uma viagem dispendiosa. O voo mais barato que encontrei era da Aeroflot, uma companhia russa que gozava de péssima reputação por seus aviões velhos e degradados.

— Você vai ter que pedalar e colocar as mãos fora da janela para ajudar o avião a decolar — brincavam as amigas do internato.

O itinerário do voo era bastante longo, partindo de Milão com escalas em Leningrado, Moscou, Chipre, Iêmen e enfim Nairóbi. Nunca tinha viajado de avião e não pensei em olhar a passagem emitida pela agência de viagens, assim que não dei importância ao trajeto e ao tempo que todas essas conexões levariam: ser desatenta sempre foi meu ponto forte.

Para pagar as despesas, empenhorei os poucos objetos de valor que possuía: um colar, brincos de ouro, entre outros poucos itens valiosos. Sabia que, ao penhorá-los, poderia receber dinheiro em troca, então fui ao setor de "empenhos" do banco Monte dei Paschi di Siena, levei minhas poucas joias e saí com cento e quarenta mil liras, equivalente a setenta e cinco euros, o suficiente para cobrir um terço do custo da passagem. Conseguiria o restante do dinheiro de alguma forma, confiei na providência divina, convencida sobre meu projeto e certa de que, ao retornar do Quênia, procuraria e arranjaria trabalho para saldar minhas dívidas e talvez resgatar meu ouro penhorado, o que só era possível dentro de seis meses, pagando apenas uma pequena quantidade de dinheiro.

Na manhã do dia da viagem, me assegurei que as malas estivessem prontas e em ordem, certificando-me de que não havia esquecido nada. Eu conhecia meu notório descuido: a viagem era longa e cheia de conexões; queria ser cuidadosa e meticulosa, por isso saí de casa bem cedo com a intenção de me concentrar e não me perder nas minhas inseguranças, pelo menos não dessa vez. Estava muito ansiosa e preocupada, tendo que contar apenas comigo mesma (e eu não confiava em mim), sem nem saber o que me esperava.

Cheguei ao aeroporto de Linate três horas antes com o coração na boca. "Tomara que dê tudo certo", pensava eu com os dedos cruzados. "Eu rezemos só que me safo"[2], repetia a mim mesma, lembrando do livro de Marcello d'Orta. Alcancei nervosa o quadro de embarques procurando meu voo sem encontrá-lo.

— Ai, meu Deus. Talvez seja normal, cheguei com bastante antecedência! Ainda não devem ter inserido meu voo — tentei me acalmar enquanto o tempo passava.

Quando apareceu o destino "Moscou", primeira etapa da viagem, dei um suspiro de alívio que reabriu meus pulmões e fui para a fila de embarque. Cheguei ao balcão da recepção pré-embarque, entreguei minha passagem, mas o agente franziu a testa.

— Este avião não sai daqui — me disse.
— O quê?
— Os aviões da Aeroflot que fazem escala em Moscou e seguem para a África saem do aeroporto de Malpensa, não de Linate, este aqui é um voo direto para Moscou e, além disso, não é da Aeroflot.

---

[2] *Io speriamo che me la cavo* (1990).

Meu coração parou. O avião saía de Malpensa? Como poderia ter me confundido? A agência de viagens não tinha me informado ou eu não lembrava? Eu nem tinha percebido que estava na fila para um voo que ia para Moscou, mas não era da Aeroflot.

"Comecei bem", pensei em pânico. Por que eu sou assim? Por que não faço nada bem?

— Seu voo sai em três horas, se você pegar um ônibus para Malpensa imediatamente, você consegue partir — disse gentilmente o agente, dando-me instruções ao perceber meu transtorno.

Comecei a correr em direção ao ponto de ônibus, perguntei a primeira pessoa que vi qual era o ônibus certo para não errar novamente e, antes que eu percebesse, estava sentada e viajava pela estrada. Me sentia desanimada antes mesmo de iniciar minha viagem intercontinental e comecei a chorar desnorteada. "Se eu me perco quando estou na Itália, como vou fazer no Quênia?", pensei, já em lágrimas. "O que vou fazer? E o que acontecerá se eu perder o avião? Mas por que o motorista anda tão devagar? A estrada está livre, por que não corre?" Cheguei a Malpensa quando o embarque havia acabado de começar e consegui não perder o voo, apesar do início desastroso. Assim que me sentei no avião, aliviei a tensão com lágrimas que representavam também a emoção da minha primeira viagem de avião, que me levaria para a África.

***

Era quase noite quando cheguei a Moscou. O aeroporto era sombrio e lúgubre, iluminado por poucas e fracas luzes, que quase me davam medo. Ao desembarque, outro desastre dos meus, não entendia o que me diziam nem em inglês nem em russo e não sabia o que tinha que fazer, assim me sentei em um canto e comecei de novo a chorar porque o aeroporto estava fechando e não havia nenhum vestígio do avião para Nairóbi.

— Ei, garotinha! — Ouvi me chamarem. — Por que está chorando? O que aconteceu?

Levantei a cabeça e vi dois rapazes atenciosos e sorridentes

— Por que você está chorando? — me perguntaram novamente.

Enxuguei as lágrimas e expliquei que precisava ir para o Quênia, mas na alfândega tinham me dito várias coisas que não havia entendido, então não sabia o que fazer. Eles caíram na gargalhada.

— Mas você não sabe que tem que passar uma noite em Moscou e que o avião para Nairóbi parte só amanhã à noite?

— O quê? — Fiquei abismada, não tinha ideia de tudo isso. Fiquei pálida e senti meus braços caírem, só me faltava essa.

— Você não reservou nenhum hotel para esta noite, não é mesmo?

Fiz que sim com a cabeça. Sentiram compaixão ao ver meu olhar triste e daquele momento em diante eles me tomaram sob a proteção deles. Segui-os até o hotel em que, com um inglês perfeito, conseguiram reservar um quarto para mim: fui-lhes muito grata, não teria sobrevivido sem eles ao chegar a Moscou. Descobri então, para minha felicidade, que eles também estavam indo para o Quênia e que viajariam no mesmo avião que eu com mil escalas. Chamavam-se Marco e Davide, eram de Udine e eram viajantes experientes, ao contrário de mim, que viajava pela minha vez. Eram muito legais e engraçados e eu me senti aliviada. No dia seguinte, como tínhamos que passar o dia em Moscou, me convidaram para dar uma volta pela cidade, após ter solicitado e conseguido o visto diário emitido pela Rússia. Tampouco sabia eu que existiam vistos de um dia só.

— Onde você queria passar todas essas horas entre um voo e outro?

— Não sabia que levaria tanto tempo, nem que fossem necessárias passar vinte quatro horas na Rússia.

Balançaram a cabeça sorrindo, pensativos, tocados também pelo motivo pelo qual eu viajava.

— Itália! Máfia! — disse o oficial dos vistos lendo a nacionalidade do meu passaporte.

Olhei para ele sem saber o que responder, os russos me intimidavam. Davide, Marco e eu nos divertimos muito naquele dia por Moscou, pegamos o metrô, que, com suas estátuas monumentais, me impressionava a cada parada, chegamos à Praça Vermelha, tão linda que parecia ter saído de um conto de fadas, um encanto diante dos meus olhos. Me sentia como Alice no País das Maravilhas. Longe da Praça Vermelha, no entanto, a cidade era despojada, cinza e sombria; os edifícios majestosos e decadentes e as lojas vazias transmitiam todo o peso do austero regime comunista do governo russo.

Estava no metrô e olhava fascinada a estátua de um czar quando, ao ouvir o trem chegar, me virei e não vi mais meus dois amigos. Procurei-os com o olhar sem encontrá-los e comecei a ficar com medo, me sentindo perdida entre os enormes arcos do metrô. Estava prestes a entrar em pânico quando ouvi risadas vindas de uma coluna de concreto, então a risada explodiu em uma gargalhada incontrolável. Que susto! Aqueles dois tolos continuavam a tirar sarro de mim. Que babacas!

À noite, voltamos ao aeroporto para pegar o avião direto para Nairóbi. As paradas a seguir duraram poucas horas, o que impossibilitava visitar outras cidades desconhecidas, sobre as quais Marco e Davide me contavam histórias e anedotas.

Lembro do calor abafado e sufocante no Iêmen do Norte, onde paramos em um pequeno aeroporto lotado de homens com aparência sinistra e barba escura e de poucas mulheres, todas com burca, ambiente em que eu me sentia pouco confortável. Para ser coerente com minha desatenção, perdi o cartão de embarque para Nairóbi, o que acabou criando um certo inconveniente para o embarque iminente. Marco e Davide me ajudaram e, após longas e complicadas negociações em uma língua desconhecida, fui autorizada a subir no avião. Nos separamos quando chegamos a Nairóbi, eles prontos a explorar o Quênia e eu ansiosa para conhecer a realidade que havia sempre e somente imaginado e pela possibilidade de uma experiência concreta na área médica.

— E não arranje problemas! — recomendaram meus amigos, enquanto desapareciam no horizonte com as mochilas nas costas.

Pela primeira vez desde Moscou, estava sozinha. Procurei na mala o número de telefone da freira que viria me buscar. Onde foi parar? Não conseguia encontrá-lo, o calor e a tensão já estavam me fazendo suar. Coloquei a mala no chão e comecei a tirar roupas, camisas, calças até que encontrei a agenda escondida entre as roupas. Comecei a folheá-la, mas não encontrava o pedaço de papel com o número de telefone da freira para contatar. Em meio à minha agitação, pensei que talvez, além daquele número de telefone, teria sido bom ter levado um endereço ou pelo menos alguma indicação de como chegar ao lugar designado. Soltei um grande suspiro de alívio quando encontrei o papel solto pela mala com o número. Mas o problema não acabava aí. Para fazer ligações, deveria dispor de moedas locais e a casa de câmbio do aeroporto de Nairóbi estava fechada. Pedi a um menino do lugar alguns trocos e dei em troca alguns dólares, fui à única cabine telefônica disponível e após algumas tentativas consegui entrar em contato com a freira, que veio me buscar em poucas horas.

Apesar do início tempestuoso, consegui chegar ao meu destino. O acolhimento dos padres camilianos foi caloroso e descobri essa congregação pouco conhecida, mas que logo aprendi a apreciar.

Na manhã seguinte, me levantei às quatro para viajar até o lugar da missão. Ainda estava escuro quando partimos para o norte do Quênia. Pela estrada eu observava as crianças que, descalças ou com sandálias improvisadas, com os livros em sacolas de plástico, caminhavam a passos rápidos, percorrendo dezenas e dezenas de quilômetros para chegar à escola. Antes de começar a aula, teriam de capinar o terreno da escola, ir pegar água no poço, limpar as salas de aula. Me faziam sorrir a curiosidade e as risadas inocentes dessas crianças enquanto iam para a escola felizes em aprender, apesar das horas de caminhada que tinham que enfrentar todos os dias. Na minha mente era inevitável a comparação com as crianças nas escolas da Itália, chateadas e queixando-se por tudo, mesmo que acompanhas pelos pais de carro, com suas mochilas de marca nas costas e tênis caros nos pés.

Para chegar à missão dos camilianos e ao hospital, durante as doze horas de viagem, passamos pelo Maasai Mara, uma grande reserva natural do Quênia, cujo nome deriva do povo Maasai e do rio Mara. Vi pela primeira vez leões, com toda a sua dignidade de rei da savana, as gazelas ligeiras e velozes, as elegantes girafas, os búfalos e muitos outros animais. Com os olhos de criança, eu admirava os orgulhosos Maasai, um povo nilótico nômade ou seminômade que vivia nas montanhas próximas à fronteira do Quênia com a Tanzânia. Em sinal de boas-vindas, os Maasai ofereciam aos hóspedes sangue fresco de vaca, obtido com um pequeno corte na barriga, misturado com leite. Era ofensivo recusar a bebida, me informou a freira que estava conosco e que, acostumada às práticas deles, bebeu sem problemas, enquanto eu teria vomitado só pela ideia de beber sangue vivo com leite; não consegui aceitar e implorei a freira para que inventasse qualquer desculpa e me poupar desse ritual.

Na mesma ocasião, fomos visitar uma família que morava numa cabana de barro numa área da periferia de uma cidade do interior. Quando chegamos, a mãe preparava o jantar para os dois filhos: em uma pequena panela com água escura tirada do poço, ferviam duas batatas em um fogo improvisado ao lado da cabana. Essas duas batatas eram tudo o que a família comeria.

***

No hospital, depois de alguns dias de orientação, me designaram para uma série de atividades como se já fosse médica, embora fosse apenas uma estudante: deveria cuidar dos partos com as parteiras, ajudar durante as cesáreas e fazer curativos das feridas.

Uma jovem mulher com epilepsia tinha caído sobre o fogo durante um de seus ataques e queimado boa parte de seu corpo. Seus ferimentos haviam sido negligenciados por um longo tempo, causando uma infecção no braço tão grave que tinha se espalhado pelas camadas da pele e pelos músculos, desfigurados pelo acúmulo de pus que cobria o osso. Era preciso lavar e desinfectar o braço, limpar todos os dias a ferida purulenta, chegando até a parte óssea: um processo de tratamento lento e doloroso seria necessário para erradicar a infecção. Por alguns dias observei e enfermeira cuidar da ferida, depois essa tarefa foi atribuída a mim.

Quando tratei a ferida pela primeira vez sozinha, tive medo de desmaiar, ao ser tomada por uma forte sensação de náusea causada pelo odor repugnante dela; percebia como minha a dor que a mulher sentia, embora ela não reclamasse. Pelo contrário, enquanto eu seguia cautelosamente com o tratamento, ela conversava sorrindo com a gratidão em seus olhos; mesmo que eu não entendesse suaíli e apenas acenasse com a cabeça, ela não parava de falar, talvez contasse sobre como havia se queimado, do seu filho, da sua casa ou da aldeia. A experiência com essa paciente me marcou e me deu a certeza do futuro que eu pretendia: a formatura, a residência em infectologia e o exercício da profissão médica na África ou na Índia.

Fora do hospital, não faltaram oportunidades para admirar as maravilhas naturais do Quênia ainda intocadas e sem turistas. Num domingo, nós, hospedes voluntários dos camilianos, fomos ao Lago Nakuru, conhecido também como lago dos flamingos rosados, que em milhares, como uma manta rosada, cobriam o lago, um dos espetáculos da natureza mais extraordinários já vistos e que eu jamais esqueceria.

Entre as pequenas viagens, a vida na missão e no hospital, um mês passou rápido. Depois de me despedir dos missionários, certa de que essa era apenas a primeira de muitas experiências na África, estava novamente no aeroporto de Nairóbi, pronta para retornar à Itália. Estava embarcando quando ouvi às minhas costas alguém me chamando:

— Ei, garotinha, você não está chorando dessa vez?

Eu não poderia ter confundido aquele sotaque udinese com nada no mundo: eram Marco e Davide. Corri ao encontro deles e os abracei, feliz em vê-los novamente. Tinham barbas mais longas, alguns quilos a menos e estavam bronzeados. Eles me contaram sobre sua viagem, suas aventuras, e eu falei sobre minha experiência no hospital, os pacientes, minha alegria pelo que tinha vivido, provocando neles um curioso interesse. Durante o voo que nos levou de volta à Itália, nossas animadas conversas foram interrompidas pela voz do piloto, pelo alto-falante.

— Queridos passageiros, é com grande prazer que anuncio que estamos prestes a cruzar a linha do Equador. Conforme a tradição, ofereceremos uma pequena cortesia a todos vocês. Desejamos-lhes uma boa viagem.

Observamos as comissárias de bordo abrirem garrafas de espumante, em meio aos aplausos e comentários alegres de todos. Elas encheram cálices dispostos em um carrinho e começaram a distribui-los entre os passageiros que, em pé, conversavam.

Enquanto todos se aglomeravam no corredor para pegar seu próprio copo, eu me joguei em direção a uma das janelas, pressionando o nariz contra o vidro para ver melhor.

— O que você está olhando? — perguntou Marco, que já havia engolido a maior parte de seu espumante.

— Quero ver o Equador — respondi, aguçando minha visão pelo continente e movendo meu olhar de um lado para outro em busca da linha amarela tão frequentemente vista em globos e que eu esperava ver também em terra, no ponto de união entre os hemisférios.

— Você está falando sério?

— Sim, claro! — respondi, convencida, como se fosse a coisa mais óbvia do mundo, sem sombra de dúvida, aquilo que eu estava dizendo.

Davide e Marco se entreolharam perplexos por um momento, sem saber se eu estava brincando ou falando sério, e ficaram atônitos quando perceberam que não era uma piada, mas algo em que eu realmente acreditava. Eles começaram a rir tanto que abafaram os aplausos dos outros passageiros que faziam festa.

    — Mas de qual planeta você vem? Como você conseguiu sobreviver por um mês no Quênia? — Davide me disse, enquanto olhava para Marco e ria.

    Voltei para Itália feliz da minha experiência. Os pequenos problemas que tinha deixado para trás pareciam agora insignificantes depois do que tinha vivido. Para saldar minha dívida com os amigos e resgatar meu ouro de pouco valor, procurei um emprego. Meus pais não queriam que eu trabalhasse e me garantiam uma vida economicamente digna. A viagem tinha sido um projeto meu e eu tinha decidido financiá-la sozinha. Pesquisando anúncios dos jornais, encontrei um emprego *part-time*: tinha que ajudar a dar banho e alimentar uma senhora idosa que não era mais autossuficiente; uma vez ao dia, por uma hora eu a ajudaria, sem tirar muito tempo dos estudos, era uma solução perfeita de recuperar o dinheiro que precisava.

    Não fiquei com nenhuma foto do Quênia porque, enquanto estávamos no carro, na volta do Lago Nakuru, sob a luz do sol, tinha exposto o filme inserido na câmera: não me lembrava por qual motivo as fotos teriam que ser reveladas em uma câmera escura!

    Eu era sempre. *"Eu rezemos só que me safo"*.

4.

Estrelas para além do oceano

— Professor? Professor Guglielmetti? Tem um instante para mim?

Eu o havia perseguido por todo o hospital e, finalmente, o encontrei. Por um momento, ele desviou o olhar do microscópio em que estava analisando algumas amostras parasitológicas e me olhou com ar interrogativo. Era alto, bonito, fascinante, brilhante e intuitivo, mas havia rumores de fosse cruel com os alunos que estagiavam. Na hora de discutir sobre o trabalho de conclusão de curso com o médico-chefe, grande pediatra e infectologista, professor Rossolini, manifestei o desejo de ir trabalhar nos países pobres, e por isso me havia encaminhado ao Dr. Guglielmetti, pesquisador na Universidade de Siena que acompanhava projetos na América Latina e na África, a pessoa certa para me orientar. O Dr. Guglielmetti estava focado em seus parasitas e não tinha me ouvido. Apresentei-me, dizendo-lhe que era uma estudante do quinto ano e que queria me especializar em infectologia, pois aspirava trabalhar nos países tropicais, onde o trabalho como médico pudesse ser mais útil. O Dr. Guglielmetti me ouviu e achou meu projeto de vida estimulante, então concordou em ocupar-se da minha formação e ser meu orientador para elaborar o trabalho.

— Você já esteve na América Latina?

— Não, nunca, só um mês no Quênia em um hospital missionário dos padres camilianos, uma experiência muito linda que gostaria de repetir.

— No momento não acompanho nenhum projeto na África, mas tenho algo que poderia ser perfeito para você, na Guatemala.

Ele me propôs um projeto em um dispensário de freiras dominicanas no qual eu poderia trabalhar como médica em um ambulatório, bem como fazer pesquisas por conta da universidade.

— Fantástico!

Aceitei imediatamente com grande entusiasmo, sem pensar duas vezes. A viagem de ida foi marcada para o mês de fevereiro de 1994.

***

Ao embarcar no avião, deixei para trás o céu cinza e frio de uma manhã de inverno e me preparei para minha grande aventura. Durante anos, tinha construído um sonho missionário que de repente se tornava realidade. O embarque havia sido árduo: convencer o funcionário do aeroporto a deixar passar pelo menos uma parte do excesso de bagagem, por se tratar de material destinado a uma missão humanitária e científica, tinha sido uma façanha.

Apesar da baixa temporada, o avião estava lotado. Como na minha viagem para a África, tinham me dado um assento ao lado da janela, assim eu poderia observar e me perder na brancura infinita do céu de encontro à terra. Apoiei minha cabeça na janela e fechei os olhos por um momento, respirando lentamente, tentando segurar as lágrimas de ansiedade e emoção que eu mal conseguia esconder atras de óculos escuros. Mas uma sensação de inquietude e solidão tomou conta de mim, era uma viagem ao desconhecido, a qual meus pais se opuseram vigorosamente e eu, pela primeira vez, os havia contrariado, obrigando-os a aceitar minha vontade. "Você não tem a minha autorização", havia dito meu pai ao telefone, e eu me perguntava onde e como tinha encontrado as forças para me afastar do meu cotidiano e largar tudo. Sentia medo e já estava por me arrepender, reprovando a mim mesma por minha loucura, porém, era tarde demais e não podia voltar atrás. Adormeci para não pensar mais.

***

Quando cheguei a Santa Elena, fui atingida pelo calor úmido e sufocante que jamais pensei ser capaz de suportar, e ainda não era verão! Nuvens de poeira fina se levantavam da estrada à medida que os carros passavam, o pó penetrava por toda parte, colorindo de branco os cílios e os cabelos, o que se tornaria constante a cada viagem e a cada dia.

À minha volta, via casas baixas, muito simples, com seus habitantes mestiços, descendentes de maias, calmos e risonhos. Depois de visitar o convento, a diretora me conduziu ao alojamento, uma casinha de madeira, básica, modesta, mas que logo achei bonita. Tinha dois quartos pequenos e o banheiro, o telhado de zinco que transmitia o calor abrasador do Petén e que, quando chovia, amplificava de forma ensurdecedora o som da chuva. Eu moraria lá sozinha, seria minha casa por cerca de um ano. O rádio, o violão e dois gatinhos doentes me fariam companhia à noite após o trabalho. Estratégias de abordagem de insetos, artrópodes e roedores que se infiltravam em minha casa tornaram minhas primeiras noites agitadas. Quando finalmente conseguia adormecer, acordava ao som de golpes vindos do teto, cuja origem eu não conseguia entender. Só depois de alguns dias, Dom Miguel, o guarda meio cego, me explicou que não passavam de ratos que corriam no telhado à noite, quando os gatos os perseguiam. Em poucos dias, tive o prazer de conhecer os ratos enormes que infestavam minha casinha, apesar do veneno espalhado por todos os cantos. Para não os ver correndo, aprendi a fazer barulho e bater na porta para que escapassem antes de eu entrar. Nem os gatos adotivos, menores em tamanho do que os próprios ratos, serviam para assustá-los e afugentá-los.

O ambulatório das irmãs já estava bem-organizado, apesar de não ter pessoal suficiente. Eu fui inserida em uma unidade de saúde para suprir as carências do hospital, que estava em greve há vários meses. Logo percebi que lá, mais do que tratar pacientes, tentava-se amenizar os sintomas das doenças. A seguir, o Dr. Kuylen, um dos médicos, explicou-me a impossibilidade de realizar exames complementares para fins diagnósticos e que era necessário basear-se essencialmente na avaliação clínica. Para a prescrição de um medicamento, era preciso levar em conta a condição econômica do paciente: o que importava não era a eficácia do medicamento, mas seu custo. Poderia parecer absurdo, mas era a norma. Enquanto isso, tive que lidar também com minha inexperiência e com a dificuldade das situações.

Quando eu já ia ganhando confiança no trabalho, Melba, uma enfermeira improvisada como técnica de laboratório, decidiu abandonar o trabalho depois de uma discussão com Irmã Rosalia, a chefe do convento. A partir daquele momento, a direção do laboratório foi entregue a mim, pegando-me despreparada: minha experiência como médica era limitada, e sobre parasitologia eu sabia o pouco que o professor Guglielmetti me havia ensinado nos três meses anteriores à partida. Nervosa por essa grande preocupação, comecei a passar de novo noites em claro. Muito tempo se passou antes que eu me familiarizasse com a nova função e só depois de vários meses a microscopia óptica tornou-se descomplicada e fonte de emoção pelas belezas parasitológicas que oferecia aos meus olhos.

Trabalhava em tempo integral, mas isso não me pesava. Aliás, no tempo livre, me sentia invadida por uma saudade da Itália e a distância das pessoas mais queridas e próximas me enternecia; sentia falta da minha vida em Siena e às vezes me sentia sozinha. "Quilômetros" de cartas escritas e diários não conseguiam preencher o vazio que a solidão criou dentro de mim. Essa situação foi agravada também pela vida no convento: as freiras, de origem siciliana, exigiam que eu fosse um exemplo para as suas meninas (o convento acolhia e criava órfãs, meninas abandonadas pelos pais ou em condições sociais difíceis); demandavam que eu fosse à igreja, frequentasse serviços religiosos e, acima de tudo, abandonasse shorts e saias curtas. A princípio, me deixei condicionar, mas depois decidi esclarecer minha posição e meu papel na Guatemala: estava lá para ser médica e não freira; não desprezava a religiosidade delas, mas não compartilhava de suas reivindicações, minha relação com Deus ia além de manifestações e rituais religiosos e, de qualquer forma, era mais íntima e verdadeira do que as aparências revelavam.

Não se passava um dia sem que eu pensasse em meus apegos, ainda que, a essa altura, não faltavam novos amigos. De vez em quando saía com o Dr. Kuylen, que tentava me ajudar a superar a solidão; passava um tempo com Alida e Adelina, duas moças que me ajudavam no laboratório e a quem havia ensinado o que sabia; algumas noites ia para Flores, uma aldeia a um quilometro de Santa Elena, onde passava tempo no restaurante do Dr. Valle, outro médico do ambulatório. Em seguida, como havia estabelecido o Dr. Guglielmetti, conheci as autoridades locais, o bispo e o Dr. Cerón, diretor do Distrito do Petén, especialista em epidemiologia e saúde pública. Para que os fins de semana deixassem de ser solitários, decidi ir trabalhar na emergência do hospital San Benito, no qual aprendi a dar pontos de suturas, ajudar em partos e assistir cirurgias. No hospital, aprendi sobre a dura realidade da Guatemala: pacientes que morriam durante a cirurgia por falta de sangue, o insuficiente apreço por eles, deixados a esperar por horas e horas, enquanto o médico de plantão, sozinho, fazia a ronda por todos os departamentos, tratava dos pacientes na emergência ou operava com turnos de trabalho que duravam até setenta e duas horas. A realidade desumana que observei, desde então, começava a impedir que eu entendesse Deus e Seus desígnios. Com o passar do tempo, meu relacionamento com o Dr. Guglielmetti se tornou mais tranquilo e amigável, ele me disse que podia chamá-lo pelo nome e eliminar formalidades desnecessárias, já que agora éramos colegas e trabalhávamos no mesmo projeto; comecei a ter mais intimidade e me tratava de igual para igual. Essa nova forma de me relacionar com ele, quase uma amizade, no entanto, não me impedia de parar de temê-lo, de modo que a notícia de sua viagem a Petén, dentro de alguns dias, me deixou apreensiva. Temia a sua chegada até o ponto de ficar nervosa, certa de que ele iria criticar tudo o que eu tinha realizado até aquele momento: eu tinha feito o meu melhor, mas o medo de seu julgamento me apertava de forma asfixiante. Reservei um hotel para ele em Flores e no dia 4 de maio fui buscá-lo no aeroporto com a Irmã Rosalia, no Tetânico, um carro cedido pelo hospital, enferrujado e sem janelas: chamava-se assim porque tínhamos que ser vacinados contra o tétano antes de subir no automóvel. Tetânico caía aos pedaços, mas sempre nos levava de volta para casa. Paolo deu início a um estudo sobre parasitoses intestinais para o qual eu já havia preparado o terreno: consistia em avaliar a prevalência de parasitas intestinais em crianças em idade escolar, fazendo um levantamento de dados em quatro escolas, duas rurais e duas urbanas. Deveríamos coletar amostras de fezes de cerca de quinhentas crianças e examiná-las no microscópio. Descobri o encanto e a paixão da atividade no campo, fiquei feliz e cheguei à conclusão que tinha tido sorte em encontrar um tutor como Paolo, coisa que, sem dúvida, não tinha sido por acaso.

Após a viagem dele, minhas incumbências em Santa Elena triplicaram, tinha me deixado a tarefa de melhorar a qualidade dos testes de laboratório, compilar fichas, armazenar as amostras de sangue e de fezes com mais critério. Além disso, deveria estabelecer relações diplomáticas com o Dr. Cerón, pessoa sempre difícil de se ter acesso. Era obrigada a ir mil vezes por dia ao seu escritório para obter uma assinatura, sem nunca conseguir encontrá-lo; então ia para sua casa, ou em sua clínica privada. Banhos de poeira e suor me irritavam e a indisponibilidade do Dr. Cerón me forçava a procurá-lo também a noite, com o risco e terror de ser atacada em São Benito, área perigosa e violenta onde ele morava.

Apesar da minha impaciência inicial, depois de alguns meses, o Dr. Cerón e eu nos tornamos amigos. Ele tinha uma aparência tipicamente indígena, baixinho, com cabelos e bigode pretos, era um homem muito inteligente e competente, um epidemiologista com uma carreira brilhante. "Me chame de Nicolás", me disse uma noite, em um dos nossos passeios, enquanto eu continuava a chamá-lo pelo sobrenome, ao qual tinha me acostumado. Conversar com ele me enriquecia e me divertia porque também era engraçado e irônico, não havia assuntos dos quais não falávamos: medicina, política, história e vida privada, embora ele relutasse em falar da ex-mulher, de quem estava separado há anos, e dos seus três filhos que viviam com ela na Cidade da Guatemala. Saíamos depois do jantar e quando eu queria, me deixava dirigir seu carro; se preocupava em mostrar os lugares mais bonitos da região e se assegurava que eu estivesse bem.

Uma noite, enquanto estávamos em Pedregál, um lugar encantador perto do Lago Petén, me confessou que estava apaixonado por mim. Para superar sua timidez e falar dos seus sentimentos, tinha bebido. Suas palavras me pegaram de surpresa, deixando-me calada. Essa revelação não me lisonjeou, pelo contrário, me incomodou, temia que a partir daquele momento nossa amizade perdesse a leveza e a espontaneidade. Por mais que, do ponto de vista intelectual e profissional, ele me fascinasse, eu não estava apaixonada, ele tinha trinta e nove anos, um casamento e filhos nas costas, eu tinha onze anos a menos e nenhuma vontade de me prender a um homem com um passado complicado.

Ficou decepcionado pela minha rejeição, mas continuamos saindo, éramos adultos o bastante para conseguir não romper uma relação de trabalho e amizade, estávamos bem juntos e nos divertíamos. Cerón zombava de mim, porque eu sempre queria ter razão e ele tinha encontrado uma maneira de me dar razão, especialmente quando eu ficava nervosa.

— Você tem razão, tem perfeitamente razão, mas a razão que você tem é muito pouca e não serve para nada.

Assim, no começo ele me acalmava e com o fim da frase acabava me fazendo rir. Com o tempo, me apeguei muito a ele, a ponto de criar uma espécie de dependência que não sabia explicar, enquanto ele estava decidido em me conquistar. Num fim de semana, me levou para Belize, onde nos hospedou sua irmã, que morava em Orange Walk. Foi um fim de semana prazeroso, marcado pela viagem à Corozal, uma localidade balnearia da costa de Belize com uma paisagem tropical típica, com palmeiras altíssimas, mar azul, navios e embarcações de pesca, um cartão postal em uma realidade cheia de contradições: a realidade da América Latina.

No entanto, minha relação com Cerón se consolidava, ele me chamava de *"mi amor"*, *"mi corazón"*, nomes que adoçavam meu coração, dando-me a sensação de pertencer a alguém, embora eu sentisse não pertencer a ele. Nossa amizade trouxe benefícios ao trabalho; para mim Ceròn deixou de ser indisponível e qualquer coisa que o Dr. Guglielmetti me mandava lhe pedir, eu obtinha com rapidez e facilidade, resultando como muito boa e eficiente na relação com as "autoridades locais".

Paolo ia e vinha da Itália. Seu caráter autoritário ressurgia com facilidade, manifestando-se com reprovações cada vez mais difíceis de tolerar, principalmente quando eu errava algo. Eu odiava sua agressão verbal, odiava discutir com ele e suas acusações me magoavam. De positivo entre nós havia os projetos de trabalho que implementávamos, como o plano de construção de latrinas em cinco áreas rurais guatemaltecas, para as quais ele tinha obtido financiamentos.

Com as chuvas, os casos de cólera aumentavam e às vezes ficava sabendo de pequenos surtos epidêmicos que explodiam aqui e ali em aldeias distantes. Minha tarefa era isolar e identificar o vibrião do cólera para ser enviado à Universidade de Siena, onde seria efetuada uma análise genética. Mais uma vez tratava-se sempre de cocô, já que o vibrião se isolava, semeando as fezes em um meio de cultura específico, muito familiar para mim, já que também providenciava a sua elaboração. Era meu destino como infectologista, mas começava a me perguntar se não teria sido melhor escolher uma especialização com menos "cocô".

Um importante surto epidêmico de cerca de quarenta casos foi relatado em Dolores, uma cidade distante de Santa Elena. Cerón, como diretor distrital da saúde pública de Petén, foi chamado para monitorar a situação e convidou-me para acompanhá-lo e coletar as amostras a serem enviadas para Siena. Partimos numa madrugada, entre o calor abafado e a poeira branca, elementos constantes aliviados pela sua agradável companhia, que tornava tudo mais leve.

Os meses passaram e o dia da minha partida se aproximava. Foi em outubro quando tive que voltar à Itália para o concurso da residência médica. O estudo era pesado, não estava mais acostumada e fazia muito calor, o que tornava estudar quase impossível, me deixando tão ansiosa que me tornava bulímica, a ideia de retornar à Itália me alegrava e ao mesmo tempo me angustiava.

Uma enxurrada de pessoas continuava sempre a ir para ao ambulatório. Adela, Alida e eu trabalhávamos muito e raramente reclamávamos. Elas tinham cerca de dezoito anos e eram consideradas as "filhas do convento", já que lá estavam nas suas primeiras lembranças; não gostavam de falar do passado nem eu me aventurei a fazer perguntas sobre a infância delas. Adela tinha braços e pernas longas, bem magra, mas cada seu movimento, por mais banal que fosse, revelava uma graça infinita e uma doçura peculiar, acentuada por sua voz calma e seu sorriso brilhante. Alida era mais baixa e gordinha, sempre alegre, barulhenta e despreocupada, tinha a piada certa para todas as situações, ria com vontade e divertia a todos espalhando bom humor. Éramos muito apegadas umas às outras, e eu sentia carinho e respeito por elas: a ideia de deixá-las me entristecia.

Cerón também havia se tornado um ponto de referência: conversar com ele me ajudou a superar medos e a melancolia que me assombravam. Ele foi a pessoa mais positiva que eu conheci na Guatemala, além de ser o único com quem pude conversar sobre assuntos estimulantes e envolventes.

As últimas semanas de trabalho foram bastante pesadas, Paolo tinha me atribuído uma série de tarefas: encontros com o representante de um movimento sindical que lutava pelos direitos dos trabalhadores da borracha e da madeira; a organização dos laboratórios do hospital San Benito e do ambulatório; contatos com os dirigentes das comunidades que deveríamos dotar de latrinas e onde era necessário realizar um recenseamento para obter dados precisos. Cerón me ajudava, me acompanhava e apoiava nas visitas que fazia às comunidades, nas entrevistas com os promotores da saúde encarregados do censo. Descobri que trabalhar ao seu lado era extraordinário. Talvez meu entusiasmo também fosse devido ao infinito amor que ele manifestava por mim, de qualquer forma, eu não podia negar a felicidade que isso me dava.

O voo para Itália estava marcado para o dia 21 de outubro, e antes da partida não faltaram as sagradas e tradicionais festas de despedidas. As meninas do convento, os funcionários do ambulatório, todas as pessoas que eu conheci se despediram de mim com carinho. As minhas lágrimas eram mais que tudo por Adelina e Adela, embora tivesse prometido a mim mesma minimizar a emoção e o choro das meninas do convento. Deixei Petén sem nem me dar conta. Cerón me levou à Cidade da

Guatemala, etapa obrigatória para quem vai à Europa. Antes de partir, ele me levou a Panajachel, para ver o lago de Atitlán, rodeado por três vulcões, uma maravilha de Deus e da natureza guatemalteca. A viagem de ônibus foi exaustiva e ao mesmo tempo incrível, paramos uma noite em Chichicastenango, onde o mercado era conhecido no mundo todo, e uma noite em Panajacel: teria sido um sacrilégio ir embora da Guatemala sem ver a beleza de suas cores, perfeitamente combinados, seu povo e suas tradições. Foram visões e sensações maravilhosas que me deram a impressão de estar em outra dimensão um tanto surreal de um mundo para mim desconhecido. Foi muito bom estar com Cerón, embora soubéssemos que nossa história terminaria com minha volta para a Itália.

Ao contrário do que eu esperava, a despedida no aeroporto entre nós foi dolorosa, conseguimos ficar juntos até o último minuto, não consegui conter as lágrimas, enquanto ele me abraçava e me beijava, mostrando todo o seu amor.

Apesar de não ter claros os sentimentos que eu tinha por ele, senti uma terrível tristeza ao deixá-lo.

Meu voo foi anunciado, era hora de me despedir. Fiz a ele minhas últimas recomendações e fui embora, entre os olhares das pessoas ao nosso redor, que observavam com curiosidade. Entrei no avião que me levaria de volta para o outro lado do oceano, onde o céu já estava iluminado por estrelas, tão belas quanto às da Guatemala.

***

Enquanto eu esperava o resultado do concurso de especialização, Paolo me propôs voltar a Santa Elena por mais algum tempo. Os termos da nova missão não eram claros, a princípio deveria somente acompanhar a pessoa que me substituiria no ambulatório, em seguida, esse curto período se transformou em um mês e em, enfim, três meses, do dia 27 de novembro a 27 de fevereiro. Naquele momento essa perspectiva não me entusiasmava muito, não queria passar o Natal fora de casa, ainda tinha que visitar os amigos que não tinha conseguido encontrar depois de ter voltado à Siena, pensava também nas privações da vida em Petén. Mas apesar disso, não tive coragem de decepcionar as expectativas de Paolo, assim que aceitei e parti novamente com grande felicidade de Nicolás, que, como tinha prometido, veio me buscar no aeroporto na Cidade da Guatemala.

Nosso reencontro foi emocionante, ele não podia acreditar que eu tivesse voltado para Santa Elena, e talvez nem eu mesma acreditasse. Em Petén, encontrei o mesmo calor abafado de alguns meses antes. As boas-vindas de Alida, Adela e das crianças do convento me animaram, afastando qualquer dúvida e perplexidade sobre meu retorno à Guatemala.

Dezembro voou, o ambulatório estava lotado como sempre e não faltava trabalho. Eu costumava sair com Cerón, que me levava ao lago para nadar e ver o pôr do sol tropical, que desaparecia em fragmentos de segundos. Passamos o Ano Novo juntos em San Pedro, uma ilha pequena e selvagem de Belize. Seis dias de sol, praia e amor numa relação cada vez mais forte e profunda que nos tornava inseparáveis, quase como se um não pudesse respirar sem o outro. Tinha concentrado nele grande parte da minha necessidade de afeto e amor.

Uma noite ele veio para minha casa bêbado, eu odiava quando ele bebia demais, não dava para me comunicar, se tornava extremamente ciumento e me exasperava. Parou na porta, com a cabeça baixa, feito cachorro abandonado, e começou a dizer que sem mim não podia viver, que me amava mais de que tudo no mundo. Apesar das suas lágrimas, eu, irritada pelo seu estado, não me comovi e insisti para que fosse embora. Fiquei incomodada pelo cheiro de cerveja e pela sua forma de falar arrastada e ridícula, a declaração perdeu todo o valor. Mandei-o embora sem piedade. Depois de alguns dias, nos encontramos por acaso no aeroporto, tínhamos o mesmo voo para a capital. Ele me ignorou o tempo todo, e eu fiz o mesmo, mas fiquei surpresa quando comprou no balcão uma passagem só de ida.

— Só ida — disse com firmeza. — Só ida.

Preocupada, me aproximei e tentei falar com ele, me disse que deixaria Petén por alguns meses, pelo menos até eu ir embora, pois não conseguia mais controlar a nossa relação, nem queria mais me ver. As suas palavras foram afiadas como lâminas. Se por um lado eu compreendia, por outro achei que não fazia muito sentido interromper o que havia entre nós antes de meu retorno definitivo à Itália: por que terminar o nosso relacionamento antes do tempo? Conversamos muito sobre isso até que se convenceu e mudou seus planos.

O projeto de construção de latrinas já estava em curso e cabia a mim supervisionar a situação nos vários distritos. Tinha apenas colaboradores ocasionais, pois, na maior parte do tempo, trabalhava sozinha: tinha que coletar amostras de fezes em diferentes comunidades, examiná-las no microscópio e registrar os resultados. Em algumas comunidades era fácil trabalhar; em outras, não. De maneira geral, porém, eu estava satisfeita com o trabalho e ansiosa para mostrá-lo para Paolo e Marco, o colega que me substituiria. Eles chegariam dentro de alguns dias.

Estavam muito animados quando fui buscá-los no aeroporto, levei-os para a casa onde depois de meia-hora Júlio, o motorista, chegou para nos levar à aldeia do Cruce das Águas, onde Paolo e Marco iriam ver de perto o trabalho de campo. Era dia 22 de fevereiro de 1995.

5.

Un balazo, doctor

Quando reabri meus olhos, estava dentro do carro, que corria pela estrada cheia de poeira e buracos. Paolo tinha tirado a camisa, uma Lacoste verde-azulada, para comprimir minha cabeça. Do lado direito, o sangue jorrava impetuosamente e não dava sinais de parar. Eu perdi a consciência.

— Cristo, o que está acontecendo? — perguntou Paolo no momento em que eu desabei no painel depois de ter fechado a porta do carro, sem forças para falar.

— *Un balazo, doctor*. Um tiro, doutor — respondeu Júlio, o motorista que poucos minutos antes havia sugerido que eu dirigisse em seu lugar.

Um tiro. Então era isso. O golpe foi causado por uma bala que havia perfurado o crânio e penetrado na massa cerebral, logo, supus que, pela violência e pela gravidade, aquele tiro me deixaria sem chances de sobrevivência. Pela pouca aderência do carro à estrada, a dor era insuportável a cada buraco, embora Júlio fizesse de tudo para evitar solavancos. Ele corria, enquanto eu continuava a perder sangue, sentindo a linfa vital me abandonar.

Sem me dar conta, comecei a ter uma espécie de delírio em espanhol, percebia o fim iminente e repassei as várias etapas da minha vida: estava feliz por ter realizado meu sonho de trabalhar como médica voluntaria, tinha ido para o Quênia e a Guatemala e tinha vivido, ainda que fugazmente, a emoção e a beleza de cuidar dos outros; me afligia a ideia de não poder abraçar outra vez meus pais, meus irmãos, minhas irmãs, meus amigos. Acima de tudo, me parecia cruel ter que morrer aos vinte e sete anos, não ter mais tempo para encontrar o amor, para viver a maternidade.

Não ter mais a oportunidade de ter um filho era meu maior arrependimento, talvez o único, no entanto ficava feliz por não ter aceitado a proposta de Júlio de dirigir e ter permanecido no lado do passageiro, onde a bala chegara inesperadamente enquanto eu fechava a porta.

— Júlio, foi melhor deixar você dirigir, você tem duas filhas e uma mulher e tem que cuidar delas. Não teria sido justo se fosse você a morrer — disse a ele quando vi sua mão trêmula e cheia de sangue e seu rosto apavorado com o que tinha acontecido.

Eu falava e falava, dizendo coisas talvez desconexas, enquanto tinha a impressão de que a morte inevitável estava tomando conta do meu corpo e a angústia de algo ininteligível invadia minha alma.

— Não fale, Vincenza, poupe as suas forças — pediu Paolo.

Na sua voz captei um ligeiro tremor, como que de medo: era completamente desprovida da dureza habitual. Parei de falar e olhei pela janela: o céu estava azul e um pequeno triângulo de nuvem branca se destacava em um canto da sua imensidão. Observei a nuvem (um fragmento do paraíso?) e falei com Deus "Se me deixar sobreviver, vou continuar a trabalhar como médica para os pobres e os mais necessitados e vou dedicar toda a minha vida a eles".

No caminho para Flores, paramos em um posto de saúde para um curativo compressivo na cabeça e para colocar uma cânula na veia antes que eu desmaiasse.

— Minhas veias são boas, grandes, fáceis de pegar, e meu grupo sanguíneo é A positivo — repetia na esperança de que ainda houvesse alguma chance de escapar da morte.

Ainda havia muitos quilômetros a percorrer e eu sentia uma dor insuportável na cabeça, enquanto continuava engolindo o sangue que corria em meu rosto e sentindo seu gosto quente e amargo.

Chegando a Flores, nos dirigimos ao hospital de São Benito, onde tinha trabalhado no ano anterior. Nos olhos de meus colegas e amigos do hospital pude ler o desespero de quem não tem esperança, percebendo neles meus próprios temores. Nesse momento chegou Nicolás, seguido pela Irmã Rosalia, que me ajudou a trocar de roupa, tirando minhas vestes encharcadas de sangue. Mesmo que os médicos falassem em voz baixa, eu consegui ouvir a conversa com Paolo além das cortinas da sala de emergência.

— Aqui não podemos ajudá-la, não podemos fazer nada por ela, não temos as tecnologias para avaliar a extensão dos danos causados pela bala nem antibióticos. Deve ser transferida para a capital, porque seu estado é grave.

A radiografia da cabeça mostrou a distribuição dos estilhaços de chumbo, dois grandes no cérebro, outras presas nos ossos do crânio e outras mais entre o osso e a pele, tão pequenos e numerosos que não podiam ser contados.

Paolo tinha desaparecido, tentava organizar a transferência para a capital, movendo mares e montanhas para que eu pudesse ser salva. Em poucas horas, eu estava voando com Paolo e Nicolás num avião bimotor que a Força Aérea havia disponibilizado para mim, com destino a um hospital mais equipado na Cidade da Guatemala.

Ao pousarmos, debruçados sobre mim, vários médicos com um cheiro fresco e limpo submeteram-me a uma série de perguntas para verificar se estava lúcida, orientada no tempo e no espaço. Senti-me como se estivesse na série de televisão americana *ER – Plantão médico*, no entanto, eu era a paciente.

— Como você se chama? Onde estamos? Que dia é hoje? O que aconteceu?

O cheiro deles e o modo de atuar confiante e profissional me transmitiram tranquilidade e me devolveram um pouco de esperança.

— Meu nome é Vincenza, estamos na Cidade da Guatemala, hoje é dia 22 de fevereiro, atiraram em mim e cheguei aqui de avião. Eu acho.

Colocaram-me em uma maca e me levaram para fazer uma tomografia computadorizada. O corredor era bem iluminado e eu semicerrei os olhos enquanto as luzes de néon do teto fluíam sobre minha cabeça. Tudo ao meu redor era confuso, eu adormecia, acordava, voltava a dormir, enquanto minha cabeça explodia de dor. Em um dos poucos momentos de clareza, abrindo meus olhos, percebi que tinha tubos e soros por toda parte, e um monitor cardíaco, com seu regular "bip... bip... Bip", que me dizia que eu ainda estava viva, estava na unidade de terapia intensiva, em um quartinho só meu, com uma enfermeira que cuidava de mim. A primeira noite foi penosa, a dor e a náusea eram tão insuportáveis que, pensei, talvez tivesse sido melhor morrer logo. No dia seguinte me contaram que estava com edema cerebral significativo, o que explicava a dor de cabeça, a náusea e todo o meu desconforto.

— Quero ser sincero com você, sei que você entende o que estou prestes a lhe dizer e que não adianta tentar dourar a pílula. A motilidade da mão esquerda está fortemente comprometida e não temos a certeza de que irá recuperá-la, além do mais, há um déficit de força em todo o lado esquerdo e você corre o risco de hemorragia cerebral e epilepsia.

— Nada mal para quem correu o risco de morrer. O importante é que eu sobrevivi!

— Você é forte e corajosa — comentou o médico. — Todas as mulheres italianas são tão destemidas? — perguntou, sorrindo.

— Não — interrompeu Paolo —, ela é um caso à parte — brincou.

O médico, após ter trocado algumas palavras com ele, saiu do quarto, deixando-nos a sós.

— Temos que avisar seus pais.

— Não, Paolo, não quero que eles se preocupem.

— Temos que fazer isso, devemos informá-los do que aconteceu.

— Podemos dizer somente que estou no hospital por causa de uma perna quebrada; se meu pai soubesse do tiro, poderia ter um ataque cardíaco, de longe, seria pior do que já é.

— Não podemos assumir essa responsabilidade, Vincenza, você tem um prognóstico reservado, ainda não está fora de perigo, tem um monte de estilhaços na cabeça e o risco de hemorragia cerebral é real. Se algo acontecer com você, não podemos mentir, muito menos contar meia-verdade, vou avisar sua família, não podemos evitar.

Com essas palavras, Paolo saiu, antes mesmo que eu pudesse responder. Tentei encontrar uma posição que não fosse muito desconfortável na cama, mas qualquer movimento, mesmo o mais leve, me lacerava de dor. Depois de alguns minutos, desisti e fechei os olhos para descansar, não podia me deixar desanimar, tinha que encontrar força dentro de mim.

No meio da noite seguinte, fui tomada por uma súbita sensação de leveza. Pensei "Minha cabeça é tão dura que nem uma bala conseguiu quebrar!" e comecei a rir tanto que a enfermeira que estava lá para me assistir se assustou no início com a erupção de loucura lúcida, e depois, aos poucos, ela começou a sorrir também, afinal eu não estava tão mal assim.

***

Assim que o prognóstico melhorou, Paolo organizou minha transferência para a Itália. Cheguei ao aeroporto da Cidade da Guatemala de cadeira de rodas, para me receber estava o embaixador da Itália, e por coincidência, também o presidente da Guatemala, que viajava para a Europa. Ele me cumprimentou e se informou do acontecido, desculpando-se em nome de todo seu povo. Viajamos juntos na classe executiva, que me permitia ficar deitada, o que era necessário para as infusões de líquidos e medicamentos intravenosos. A viagem foi longa e difícil. Chegando a Roma, uma ambulância veio até o aeroporto para me levar ao Policlínico Umberto I, no departamento de terapia intensiva, pois a situação ainda não era totalmente estável, apesar de eu ter sido declarada fora de perigo. Na verdade, eu havia recuperado a força do lado esquerdo, começava a poder mexer a mão, meu rosto começava a se recompor, embora ainda estivesse inchado e arroxeado pelos hematomas, tanto que no dia em que consegui me levantar para ir ao banheiro sozinha, ao ver meu rosto tão deformado, com um olho completamente coberto pelo hematoma, me assustei e desmaiei.

Na entrada do pronto socorro do Policlínico, meus pais esperavam por mim. Cumprimentei-os enquanto me tiravam da ambulância: pareciam ter envelhecido dez anos e senti uma grande compaixão por eles, eram pessoas simples, não tinham ideia do que tinha acontecido e não era fácil para eles compreender. Vi nos olhos deles o sofrimento passado em pensar nunca mais poder me ver. Foi um encontro de grande emoção. Eu também, no dia do acidente, temi nunca mais voltar a encontrá-los.

Por cerca de duas semanas, fiquei internada no departamento de neurocirurgia. Nesse período, aprendi a valorizar o papel das enfermeiras nos hospitais: se os médicos se limitavam a uma breve visita, umas poucas palavras frias e uma atitude distante quase presunçosa, os enfermeiros cuidavam dos pacientes com doçura e bondade de aquecer o coração.

Muitos amigos vieram me visitar, de Siena, de Florença, de Milão; minha irmã Graziella, a quem eu era muito ligada, e outros amigos de infância vieram de Gravina. Nunca estive sozinha, recebi uma quantidade enorme de telefonemas todos os dias, eles me enchiam de atenção e me faziam sentir amada. Voltei para minha cidade natal para a convalescência, minha mãe me ofereceu uma excelente "fisioterapia", me deu um ferro de passar e me convidou a voltar aos velhos e queridos hábitos.

— Faça as coisas, porque se você se mexer, melhora logo — me dizia e era verdade.

Após algumas semanas, o déficit de força da mão tinha se reduzido e a motilidade tinha parcialmente sido recuperada. Perdi irreversivelmente a sensibilidade do dedo indicador esquerdo: os estilhaços tinham perfurado o lado direito da cabeça.

Quando voltei para minha cidade universitária, aluguei um minúsculo apartamento na rua Viola. Na época tomava cortisona e antibiótico e, mesmo assim, os estilhaços subcutâneos na cabeça se infectaram impondo a necessidade de cirurgia. Para a ocorrência, rasparam meu cabelo e fizeram anestesia local, o que me permitiu ficar lúcida e participar ativamente durante a operação. A me ajudar e segurar minha mão, estava minha amiga Gianna, sempre presente nos momentos de necessidade. A operação foi dolorosa por causa da anestesia parcial e me fez chorar como uma criança; foram removidos vários fragmentos que o neurocirurgião, Andrea, meu amigo desde então, me entregou em um potinho, como se fosse um troféu de guerra. Ele fez um excelente trabalho, evitando deixar cicatrizes na minha testa e no rosto.

Voltei para casa com a cabeça raspada e enfaixada, sentindo um enorme desconforto pela careca, um sentimento desagradável que abalava minha própria identidade. Que cara eu tinha? Como tinha me tornado? Era horrível ficar sem cabelo! Tinha a sensação de não ser mais eu, de ter perdido minha identidade. Pensei nas mulheres que faziam quimioterapia e perdiam seus cabelos: como deveria ser difícil para elas.

Nesse período, as aulas da residência já haviam começado desde o início de fevereiro, portanto havia perdido algumas que me esforcei para recuperar, voltando aos estudos e ao hospital assim que me recuperei do acidente.

Depois de alguns meses, da Guatemala veio Nicolás. Era maio e ele chegou ainda chocado pelo atentado; queria me ver e ter a certeza de que eu estava bem. Era estranho tê-lo em Siena, mas fiquei feliz com isso, fomos dar várias voltas pela bela cidade medieval, mostrei a ele os lugares que eu gostava, passamos um tempo com amigos e fomos em Puglia para o casamento de um dos meus irmãos. Estávamos bem juntos, como em Petén, e ainda assim eu tinha a sensação de que nossa história não tinha futuro. Eu sentia raiva da Guatemala que, por um momento, havia quase roubado minha vida, tinha desenvolvido uma aversão pelo seu país, tanto que pensava que aquela pequena e cruel nação da América Central podia ser apagada do mapa-múndi. Ter arriscado minha vida tinha sido uma experiência terrível, e fossem quem fossem os responsáveis ou o motivo, eu não teria sido capaz de perdoá-los, eles jamais foram identificados. Quanto ao Nicolás, meu retorno à pátria havia atenuado meu apego a ele, distanciando-me também pelo ocorrido. Concordamos pacificamente que nossa história acabava com sua partida de Siena, mas que nos manteríamos em contato, pois o atentado não poderia apagar todo o carinho que nos unia.

***

— Vincenza? Oi! Que cara é essa, quase não te reconheci! Como você está?

Ângela, uma das garotas com quem eu morava em um apartamento logo após a formatura, quando me encontrou na rua principal de Siena, percebeu uma certa tensão misturada à preocupação no meu rosto.

— Não tenho nada, só estou um pouco cansada — hesitei. Não quis dar voz às minhas preocupações e tampouco concretizar meus medos, porque se o fizesse, eles se tornariam reais.

— Você parece estar muito mal. O que aconteceu?

Olhei em volta e me aproximei um pouco mais dela para que ninguém pudesse me ouvir.

— Tenho um atraso de duas semanas.

— O que significa "tenho um atraso?"? — Ângela não conseguia acreditar nas minhas palavras. — Você não tomou cuidado?

— Na Guatemala eu tomava pílula, mas depois do acidente tive que parar por causa dos medicamentos antiepilépticos.

— Fez o teste já?

— Não, não tenho coragem. Talvez seja só um atraso relacionado aos muitos medicamentos que ando tomando, e além do mais a interrupção da pílula pode causar irregularidades.

— Escute, melhor simplificar e resolver — falou-me com segurança. — Vá até minha casa, tem um teste de gravidez no meu quarto, minha irmã está lá, peça a ela e pare com essa cara de funeral.

Estava apavorada pelo teste de gravidez, só de pensar me angustiava, por isso continuava a adiar e adiar esse momento. Eu sabia que não tinha tomado cuidado e, pensando nisso, tinha sido bem idiota por ser tão imprudente, ignorando o risco e as suas consequências, enquanto Nicolás esteve na Itália.

Tomei coragem, atravessei a Piazza del Campo com toda a sua beleza harmoniosa e cheguei à casa de Ângela, onde sua irmã me deu a caixinha com o teste. Voltei para a minha casa, que era próxima, meu coração batia forte e minhas mãos tremiam. No banheiro, esperei muito mais que o necessário indicado na caixinha, antes de olhar o resultado: estava apavorada. Fiquei paralisada quando vi dois traços coloridos e não apenas um. Positivo. Teste positivo. Meu sangue congelou. Grávida. Deus, eu estava grávida. Petrificada, sentei-me no sofá e ali permaneci por mais de duas horas, imobilizada, com as pernas fechadas num abraço, em posição fetal, em choque. Meu Deus, e agora? Meus pais nunca me perdoariam, nem eu imaginava Nicolás como a pessoa com a qual passaria o resto da minha vida. Que idiota, que idiota! Eu deveria ter sido mais prudente, por que fui tão irresponsável? Como pude ignorar tal risco? E agora, como contaria aos meus pais? Imaginava a tragédia para a honra da família imaculada, nem mesmo reparada por um casamento, já que não tinha nenhuma intenção de me casar com Nicolás.

Ângela me ligou e dei a ela a notícia, depois liguei para as amigas com quem mais tinha intimidade que me queriam bem, Mimma, Analisa, Roseline, Gianna, entre outras. Partilhei com elas meu desespero. Algumas vieram à minha casa, para me ajudar a entender como lidar com tal situação imprevista. Na realidade, por si só, era uma coisa maravilhosa, o único obstáculo eram meus pais, que jamais aceitariam nem perdoariam. Quanto a mim, já tinha vinte e sete anos, em breve teria começado a ganhar o salário da residência e além do mais, poucos meses antes, à beira da morte, lamentava não ter tido o dom da maternidade, e agora a vida me dava aquele filho, que eu temi nunca poder ter.

Maria Silvia, com a qual eu tinha estudado para algumas provas na época da universidade e que sempre foi gentil comigo, marcou uma visita com a sua ginecologista.

— Se você acredita que a história com o pai não tenha futuro e quiser poupar seus pais dessa notícia, então você interrompe a gravidez. Você é jovem, tem toda a vida pela frente, terá outras oportunidades, fique tranquila.

Enquanto isso, vou te prescrever alguns exames e o ultrassom para estabelecer corretamente o início da gravidez e saber em que semana você está — disse a ginecologista, tentando me acalmar.

Eu não excluía a possibilidade de aborto, de tão assustada que estava pressentindo a reação que meus pais poderiam ter, além de não me sentir nem um pouco preparada para ter talvez um filho. Algumas amigas apoiavam a interrupção da gravidez.

— Seria tudo mais fácil, especialmente para seus pais, que jamais saberiam.

Passei dias me atormentando sobre o que fazer; estava dividida entre o desejo de ficar com o bebê e a necessidade de poupar meu pai e minha mãe de uma grande e dolorosa decepção. Eu ainda estava perdida em meu dilema quando chegou o dia que marcou minha vida: o dia do ultrassom. Na tela do aparelho, havia uma pequena bolinha de apenas dois centímetros de comprimento que já tinha um coração batendo, uma batida forte e decisiva, ensurdecedora para meus ouvidos despreparados para tudo aquilo que estava acontecendo "tum, tum, tum, tum, tum…". Batia com um ritmo rápido e premente, como um minúsculo tambor que ressoou em minha cabeça por um longo tempo. Outro choque que me pegou desprevenida. As lágrimas começaram a jorrar sem que eu pudesse contê-las enquanto ia pagar um *ticket* e estava na fila do balcão no meio das pessoas. Chorava, chorava, confusa, perdida, pensava no meu acidente, no risco que havia corrido, no meu delírio enquanto o carro corria na tentativa desesperada de me salvar, pensava no único arrependimento que uma morte prematura me deixaria, não ter tido tempo para um filho. A verdade era que dentro de mim eu não estava disposta a abortar, já era adulta o suficiente, logo estaria em condições econômicas de criar um filho e a ideia da maternidade me parecia um milagre, um presente da vida que não só não me havia abandonado, mas me doava outra vida dentro de mim. No entanto, o problema de meus pais permanecia, um empecilho intransponível.

Depois do ultrassom, fui para casa e tomei uma decisão: ficaria com o bebê e enfrentaria as consequências. Liguei para minha irmã Grazia e disse que estava grávida.

— Ai meu Deus, Vincenza, o que você fez?! O que a mãe e o pai vão dizer?! Vai ser um escândalo, eles nunca vão te perdoar, tem certeza de que não quer fazer um aborto?

Não, eu não tinha certeza nenhuma.

— Se dê mais algum tempo. Falaremos sobre isso amanhã — disse, com um tom de voz preocupado e compreensivo.

Nos falamos no dia seguinte; eu não tinha fechado o olho a noite toda depois que o marido de Grazia me ligou me dizendo que eu literalmente mataria meu pai de dor, ele, que já tinha problemas cardíacos; me repreendeu por ser egoísta, por não respeitar a sua honra, me fazendo sentir desprezível. Tentei não ceder aos seus insultos e pedi a Graziella que contasse à minha mãe, porque eu tinha tomado minha decisão.

Algumas horas depois ouvi o telefone tocar. Fechei os olhos e atendi, sem dizer nada, do outro lado, a voz de minha mãe vomitava palavras ferozes, agressivas e violentas sobre mim, ela me retratava como a vergonha da família e me impelia a fazer um aborto para "salvar a cara". Nos dias seguintes, continuou a me ligar e torturar. Com raiva e com necessidade de apagar todos os meus rastros, jogou fora minhas roupas, queimou meus livros e cartas de correspondência que havia recebido ao longo dos anos. Para mim, que havia guardado com tanto cuidado esses fragmentos de memórias em duas velhas caixas de sapato, foi um golpe duríssimo. Cartas de amigos de Gravina, de Siena, de Napoli, cartões postais e cartões de parabéns, tudo perdido, para sempre. Quando minha mãe percebeu que eu não voltaria atrás na minha decisão, comunicou a meu pai a notícia, reprimindo-o em seu desejo de me comprar um carro.

— Ela está começando a especialização, é médica e não fica bem ela continuar andando de moto — comentava meu pai.

— O que você quer comprando um carro, ela está gravida!

Paralisou-o com todo o seu veneno.

Era uma manhã de domingo quando recebi o tão temido telefonema de meu pai, obstáculo muito maior do que podia representar minha mãe.

— Você sabe o que tem que fazer, caso contrário, esqueça que tem uma família — sentenciou sucintamente, antes de desligar.

Não tive tempo algum de dizer qualquer coisa. Ele tinha me amado muito, sempre fui sua preferida, sua bonequinha, mas naquele instante soube que a partir de então nada mais seria como antes. A bomba tinha sido lançada e explodido, pela primeira vez me permiti ser feliz com o bebê que estava carregando. Meu irmão veio me ver para tentar me convencer a repensar minha escolha, na esperança de evitar a desonra que cairia sobre a família Lorusso.

— Irmão, eu comuniquei a notícia a nossa família quando decidi que não faria nenhum aborto, então é inútil.

Passamos o dia inteiro vagando por Siena, discutindo sobre o assunto e, por mais que ele tentasse me persuadir, permaneci inflexível e firme na minha decisão. Meus pais desapareceram da minha vida, cortaram qualquer forma de contato e todo o apoio financeiro. Na Guatemala eu havia trabalhado como voluntária, sem nenhum tipo de remuneração além de alimentação e hospedagem, não tinha nenhuma poupança, nunca havia ganhado nada e as poucas consultas médicas que fiz após a formatura foram gratuitas, porque me incomodava receber dinheiro para atender. O único fio condutor da família continuava sendo Graziella, que me contava sobre o clima pesado e raivoso dentro de casa, as fofocas, as "explosões" de minha mãe e a amargura de meu pai. Aos que perguntavam por mim, eles respondiam que eu havia partido para a Índia e não tinham notícias. Em Siena, por outro lado, desde o início tive o apoio de muitas amigas, Mirella, Giovanna, Maria Silvia, Tiziana e especialmente Gianna, que sempre esteve ao meu lado. Paolo nos havia apresentado no ano anterior, pois ela já havia estado na Guatemala e Paolo queria que ela me contasse sua experiência, para que eu chegasse preparada. Foi ela quem me emprestou o dinheiro do aluguel e despesas diárias e me fez sentir menos sozinha assim como todos os amigos que eu tinha ao meu redor. Um colega, Giovanni, me deu até seu carro usado muito velho quando soube que eu tinha caído da minha scooter.

— Você está louca andando de moto no quinto mês de gravidez!

A minha barriga ainda estava pequena e nada evidente, não havia engordado muito, então conseguia andar ainda de scooter.

— Você conhece meu Panda? — perguntou-me Giovanni, referindo-se a um carro velho bege que não conseguia vender para ninguém.

— Se você quiser é seu, te dou de presente, só precisa pagar a transferência de propriedade.

Não conseguia acreditar em suas palavras e fiquei superfeliz pela oferta. Por mais velho que fosse, aquele carro me levou a todas as consultas de obstetrícia, me transportando com muita comodidade. Com o passar do tempo me apeguei tanto ao meu Panda que continuaria a sonhar com ele por vários anos, após tê-lo dado para o ferro-velho, até porque não conseguiria dar de presente.

Deixei meu apartamento de um quarto na rua da Viola e aluguei um apartamento com Roseline, que eu conhecia desde o meu primeiro ano na universidade. Roseline tinha origem camaronense, já mãe de um menino de poucos meses, Wilfried, de quem eu era a madrinha, era uma moça rechonchuda, angelical, com tranças longas, engraçada e divertida. Ela levava a vida de forma leve e sem estresse, era famosa na faculdade porque, depois do almoço, sentava-se nas últimas filas da aula para tirar uma soneca, sem se preocupar com nada nem ninguém; era amada por todos e eu a queria muito bem, orgulhosa de ter uma amiga como ela.

A gravidez decorreu sem problemas, continuei estudando, indo para as aulas e para o estágio, vivia a vida como se não esperasse nenhum bebê. Me sentia sozinha quando ia para as visitas médicas e via jovens mães acompanhadas pelos maridos ou pelos pais, mas a escolha de não me casar tinha sido minha, não podia me queixar.

Enquanto isso, eu começava a juntar todas as roupas de bebê, macacões e tudo mais que precisava para a nova criatura. Ainda antes do nascimento minha tutora de clínica médica, Daniela, me deu de presente o carrinho, o cercadinho para bebês e o berço, que chegou em um pacote enorme alguns dias antes do Natal. Anna, uma colega e amiga do departamento de infectologia, encheu meu guarda-roupa com as roupas de seus dois filhos nascidos algum tempo antes.

Nicolás, a quem eu tinha informado sobre a gravidez, desde o início, veio até a Itália quando eu estava a duas semanas de dar à luz. Para passar o tempo, já que eu trabalhava, inscreveu-se em um curso de língua italiana. Na noite anterior ao parto, inexplicavelmente, eu estava ansiosa e nervosa, sentia-me pesada, gorda e impaciente. Discutimos e ele me acusou de ser caprichosa e choramingona e não lhe dar atenção mesmo quando, depois de algumas horas, se rompeu a bolsa. Achou que era apenas uma impressão, uma ideia estupida, o resultado da minha susceptibilidade temporária.

— Ok, se você acha isso, pego o carro e vou para o hospital sozinha — disse, irritada, enquanto fazia minha mala para ir.

— Espere, eu te levo — respondeu ele, bufando, quando me viu com as chaves na mão determinada a ir para o hospital.

Roseline, que dormia em seu quarto, não percebeu nada, ninguém jamais poderia se meter entre ela e seu travesseiro, nem mesmo meu parto iminente.

Quando cheguei ao hospital, minhas contrações não foram consideradas suficientemente intensas para dar à luz, mas a médica pensou que seria melhor me manter sob observação e fazer alguns testes, para que eu pudesse ter alta no dia seguinte. Nicolás foi para casa e eu fui internada por volta da meia-noite. Às quatro horas começou o trabalho de parto e às sete horas da manhã do dia seguinte dei à luz a minha filhinha. Era dia 11 de janeiro de 1996.

Quando colocaram a pequena recém-nascida em meus braços, fiquei desapontada, era uma menina feia com bochechas enormes, o cabelo todo em pé, olhar assustado e o corpo minúsculo. Ela pesava 2.900 gramas. "Meu Deus que feia! Todo esse esforço para este pequeno monstrinho! Serei capaz de amá-la?", pensei, consternada. Nem a primeira mamada provocou-me alguma emoção, apenas uma sensação estranha e dolorosa. Passaram-se alguns dias antes que eu a sentisse mais minha. Aquele pequeno ser indefeso, por mais feio que fosse, estava começando a me enternecer e a conquistar meu coração. Começava a minha história de vida e amor com a pequena Emily.

6.

Viajando com Zapatos

— Você já quer voltar para o trabalho?

— Estou trancada em casa há um mês, já não aguento mais.

— E Emily? Como você acha que vai fazer para tomar conta dela, se as aulas e o estágio vão ocupar todo seu tempo?

— Não sei, vou achar um jeito, estou entediada de estar em casa.

Gianna olhava para mim com perplexidade, mas eu queria retomar minhas atividades no hospital e voltar à minha vida profissional, não gostava do papel exclusivo de mãe, sentia falta dos pacientes, das análises sob o microscópio, da vida de estágio. Na época, a legislação sobre contratos de especialização não incluía tutela para maternidade, mas meu chefe me concedeu o horário reduzido previsto para mulheres em licença por isso.

Não era fácil conciliar o papel de mãe com a residência médica, mas eu podia contar com a rede de solidariedade que já tinha se criado durante minha gravidez. Tive o apoio de muitos amigos, que me poupavam não só da compra de roupinhas, mas também da compra do leite (o meu não era suficiente), que me era sistematicamente fornecido por uma enfermeira da pediatria que, conhecendo minhas dificuldades financeiras e tomando a peito minha situação, separava as amostras deixadas pelos representantes farmacêuticos e orgulhosamente as entregava a mim toda vez que eu ia pedi-las. Eram amostras de leite normal, leite para celíacos, leite para alérgicos, leite sem lactose, leite enriquecido com vitaminas, com sais minerais, sem sais e assim por diante. Emily degustava de todas elas sem histórias ou problemas, talvez nem percebendo a diferença. Ela bebia e comia tudo com prazer. Era uma criança cativante, tranquila, sorridente, chorava somente quando tinha fome ou queria ser trocada, tornando meu trabalho de mãe fácil.

— Você é bela tanto quanto o sol — dizia Daniela cada vez que a via.

Tive a sorte de me encontrar em situações que aliviavam meu status de mãe solo. Não sei como, mas consegui receber um pequeno subsídio mensal por meio dos serviços sociais, os mesmos que me ajudaram a colocar Emily na creche quando ela tinha apenas seis meses de idade. Uma relação apresentada por eles ao município de Siena fez com que eu ficasse em primeiro lugar na lista de acesso à creche: uma mãe solo, sem parceiro, sem família para sustentá-la e sem dinheiro.

Por cerca de dois anos, meus pais continuaram a me ignorar, recusando-se a conhecer Emily. Somente Graziella veio me visitar em Siena, desafiando seu marido. Para compensar, Emily tinha muitos outros tios, tias e avós: não só todos os meus amigos, mas também seus pais, que tomavam conta da criança a turnos, os avós Gini, os avós Geppy, avó Chiara, sempre disponíveis a cuidar dela cada vez que eu precisava. Embora minhas amigas trabalhassem, elas conseguiam arranjar tempo para estar com Emily e havia quem, como Mirella, planejava até mesmo um dia constante da semana para se dedicar a ela, quarta-feira de manhã. Para poder tirar um dia de trabalho, ela compensava com um turno duplo em outro dia no qual Gianna ou sua mãe se disponibilizavam sempre que eu não tivesse alternativa. Eles eram minha família, graças a quem meus problemas econômicos e o sentimento de abandono dos meus pais foram aliviados.

No entanto, nas vezes em que eu não conseguia achar quem cuidasse de Emily, sentia o peso de como era complicado tomar conta sozinha de uma criança, o que me angustiava. Pensava como teria sido diferente se minha família tivesse estado lá para mim ou se eu tivesse tido um homem ao meu lado para me apoiar e me ajudar. Quem sabe se alguma forma eu tivesse conseguido amar Nicolás. Depois de ter descarregado toda a minha frustração em crises de choro, eu me recompunha e tentava encontrar uma solução: contataria pessoas fora do meu círculo habitual na esperança de que alguém fosse livre para ficar com Emily. Em casos extremos, eu a deixava com uma vizinha muito meiga de mais de oitenta anos, a avó Bruna, ou a levava comigo para o hospital; em sua cadeirinha de bebê, a deixava no laboratório entre microscópios, placas de culturas bacterianas, tubos de amostras de fezes e ia para o departamento de infectologia: havia sempre alguma colega para mimá-la quando ela não adormecia, sem saber onde se encontrava.

Como parte integrante do curso de especialização, era possível passar algum tempo no exterior. Nicolás e eu estávamos em contato: ele me procurava para ter notícias minhas e da criança, e eu, quando me sentia perdida, ligava para ele para compartilhar preocupações ou cansaço. Era difícil ser mãe, trabalhar e estudar.

— Talvez pudéssemos tentar estar mais perto — disse-lhe uma vez, durante um dos meus intermináveis telefonemas. Era tudo o que ele queria ouvir, pois ainda estava muito apaixonado por mim.

— Eu poderia tentar ir para a Iugoslávia com o Médicos Sem Fronteiras — respondeu ele, após um breve silencio. — A guerra lá está ficando cada vez mais árdua, tenho certeza de que precisam de médicos, não será fácil, mas pelo menos será mais fácil ver vocês.

Não era uma má ideia. Nicolás continuava sendo uma pessoa importante para mim, eu precisava de seu apoio emocional. Além do mais, era razoável que ele passasse algum tempo com a filha.

— Eles vão me mandar para Angola — disse algum tempo depois por telefone.

— Não para Iugoslávia?

— Não, parece que há médicos suficientes lá, mas estão procurando um coordenador médico para Angola, onde a guerra também assola, é uma função interessante que resolvi aceitar.

A ideia de recuperar nosso relacionamento e formar algo parecido com uma família se transformou em fumaça antes mesmo que pudéssemos tentar, mas eu não desisti. Entre em contato com o Médicos com África (CUAMM), uma ONG que trabalhava para promover e tutelar a saúde nos países em desenvolvimento. Eu conhecia e participava de projetos do CUAMM desde a época da faculdade, quando costumava ir uma vez ao mês a Pádua para participar das jornadas missionárias. Ademais, no ano anterior havia participado de um curso de treinamento no CUAMM para trabalhar na África.

— Gostaria de ir para Angola — disse sem hesitar a Don Dante, então vice-diretor do CUAMM. — O pai de minha filha foi trabalhar em Songo para o MSF e eu gostaria de estar mais perto dele.

Para minha grande surpresa, ele me contou que estavam avaliando investir recursos em países devastados pela guerra e estavam procurando alguém para realizar um estudo de viabilidade.

Fui para Luanda em março de 1997 do aeroporto de Florença, onde Gianna me acompanhou, além de Emily em seu porta-bebê, eu levava malas enormes que pesavam mais de oitenta quilos. Algum tempo antes, havia contatado o gerente da Air France e explicado minhas necessidades na esperança de que ele me exonerasse do excesso de bagagem: eu estava viajando, junto a uma menina de um ano de idade, para um país em guerra onde tudo faltava; carregava fraldas, brinquedos, comida de bebês que não teria encontrado em Angola.

O gerente compreendeu e concordou, recomendando-me que não exagerasse. Quando cheguei ao balcão com todas aquelas malas, a moça do check-in pediu-me para pagar o excesso de bagagem. Surpresa, informei-a da autorização prévia do gerente da companhia aérea. Ela franziu a sobrancelha e, intrigada, telefonou para ele. Depois de alguns minutos de conversa, a moça me convidou para ir ao escritório de seu superior, no primeiro andar. Por um segundo temi que o gerente tivesse mudado de ideia ou que eu tivesse exagerado com o excesso de quilos, meu coração batia forte. Tirei Emily dos braços de Gianna, na esperança de que, com o bebê agarrado ao meu pescoço, eu tocasse seu coração e ele me concedesse o que teria sido para mim uma despesa insustentável. Fui então ao seu escritório seguindo as instruções que a mulher me havia dado, rezando em meu coração para que ele fosse uma pessoa compreensiva.

— Está aberto, entre — disse-me com uma voz mais profunda daquela que eu lembrava quando bati em sua porta.

Apesar de meus temores, o gerente da Air France, Stefano Mensali, se revelou um verdadeiro anjo, um anjo caído do céu; rosto límpido, pálido, olhos doces, elegante em seu uniforme, apresentou-se e me escutou por alguns minutos na tentativa de entender as razões da minha viagem para a Angola e, finalmente, revelando uma empatia inesperada, confirmou que não deveria pagar nenhum excesso de bagagem.

— Venha me cumprimentar quando voltar para a Itália! Ficarei feliz em saber como foi sua estadia em Uige — recomendou ao se despedir.

Voltei para a área de embarque feliz e triunfante, a moça do check-in me olhou de forma desconfiada e concluiu meu embarque. Abracei Gianna e me encaminhei até o terminal com Emily em seu porta-bebê azul com flores vermelhas, pronta para a nova aventura.

***

A situação na Angola era surreal, um país dilacerado pela guerra civil, embora na época da minha chegada o exército da União Nacional para a Independência Total de Angola (UNITA), de Jonas Savimbi, e o Movimento Popular de Libertação de Angola (MPLA), liderado por José Eduardo dos Santos, estivessem buscando uma resolução diplomática do conflito. As ruas estavam cheias de postos de controle e soldados armados, o que me deixava atônita. Após o atentado na Guatemala, as armas me apavoravam e o fato de serem empunhadas por homens muito jovens, orgulhosos pelos seus uniformes, me terrorizava: era evidente que, qualquer coisa que acontecesse, eles não pensariam duas vezes em abrir fogo. Em todos os lugares havia placas dizendo "Perigo de minas", todas de origem italiana, e o risco de algumas minas não terem sido detectadas e desativadas tornava a cidade ainda menos segura, como demonstrado pelas muitas pessoas mutiladas que andavam pelas ruas.

Nos primeiros meses não consegui encontrar uma casa, a maioria havia sido destruída ou arruinadas por metralhadoras. Fiquei em uma pensão em que ocupava um pequeno quarto colocado à minha disposição pelos missionários locais. Era uma estrutura espartana e ficava a poucos passos do hospital, assim, no início, pensei ser uma solução aceitável, mas logo mudei de ideia quando, uma noite, ouvi os gritos das mulheres que haviam perdido seus filhos ou parentes. Tal episódio, que eu torci para que fosse isolado, começou a se repetir sistematicamente. Olhando pela janela, as via correr pela estrada, gritando pela dor de forma tão agonizante que me rasgava o estômago e me fazia sentir mal e enjoada. Se para morrer estava o ancião da aldeia, ouviam-se os gritos de toda a aldeia unidos em uma só voz, pois era a figura mais importante da comunidade a ter passado para a melhor vida.

Levei dois ou três meses para encontrar uma casa mais ou menos aceitável e, mesmo assim, foram necessárias várias obras de reforma, já que as paredes internas e externas estavam todas crivadas pelos tiros, mas para fugir da pensão, que começava a me deprimir, me mudei antes mesmo que fossem instaladas energia elétrica e água corrente. Também não havia móveis, difíceis de encontrar em Uige e nas cidades vizinhas, assim procurei uma alternativa: consegui uma cama com barras de alumínio para Emily e para mim um colchão que coloquei no chão; uma mesa de madeira com quatro cadeiras ocupava a enorme sala de jantar. O espaço na casa era grande e Emily se divertia a dar seus primeiros passos incertos no chão de madeira falsa. Foi lá que ela começou a falar, pronunciando sua primeira palavra, que, fora do normal e contra qualquer expectativa, não foi mãe ou pai, mas *zapatos* ("sapatos" em espanhol), que repetia o tempo todo enquanto andava com seus pezinhos nos meus sapatos, divertindo-se como nunca.

— Zapatos, zapatos! — repetia sem parar com sua voz alegre, feliz pelo som que conseguia emitir.

"Zapatos, zapatos!" tornou-se seu apelido para os vizinhos e as crianças com quem brincava durante nossa estadia em Angola.

Eu tentava proporcionar a Emily um lugar aceitável e limpo, mas as condições de vida eram precárias; ela adoecia com frequência e perdia peso em uma idade em que deveria estar crescendo rapidamente. Uma noite começou a chorar e gritar com tanto ímpeto que me preocupei: uma infecção intestinal havia provocado uma diarreia intensa, as cólicas laceravam sua barriguinha e ela gritava e se contorcia. Ainda sem água ou luz, passei a noite tentando limpá-la com lencinhos umidificados que havia trazido comigo, tudo isso à luz de velas, enquanto os ratos corriam pela casa, me aterrorizando. Eu suava de preocupação e talvez um pouco assustada, mas lidei com a situação com calma e uma força que não imaginava ter. A memória daquela noite permaneceu inapagável em minha mente.

***

O hospital de Uige, a cidade onde havia me instalado, por mais grande e espaçoso que fosse, estava em ruinas, sujo, lotado de pacientes; o departamento de pediatria estava abarrotado de crianças, havia poucos funcionários, poucos remédios e falta total de organização. Uma manhã entrou, junto a seu pai, uma menina de cerca de dez anos com uma mão enfaixada por causa de uma provável osteomielite, e depois de menos de duas horas, ela saiu com sua mãozinha amputada e um olhar triste, mas resignado. Senti um aperto no estômago, em outro contexto ela teria sido tratada de maneira diferente. Pensei em como a vida às vezes podia ser tão cruel e impiedosa com algumas pessoas. Jamais esqueci o olhar daquela garotinha, que me aperta o coração toda vez que me lembro dela, apesar de já terem passado mais de vinte anos desde então.

Nesse contexto, eu tinha que realizar um estudo de viabilidade chamado análise de situação e no intuito de identificar as áreas nas quais o CUAMM poderia intervir, implementando projetos de desenvolvimento a médio e longo prazo, tentando estabelecer se focar no hospital ou em ambulatórios periféricos, se investir recursos em doenças específicas como a tuberculose ou em patologias crônicas como diabetes ou hipertensão. Trabalhar não era nada fácil: tinha dificuldades na resolução dos problemas logísticos de sobrevivência e ao mesmo tempo ser produtiva. Havia encontrado para Emily uma babá que cuidava dela e das tarefas domésticas, buscava água no poço, a fervia e filtrava para que se tornasse potável. Levou semanas para ter acesso à água corrente e à eletricidade e, quando finalmente foram instaladas, fui muito grata aos logísticos da ONU, que haviam contribuído a resolver o problema. Foi impossível, no entanto, me livrar dos ratos que infestavam a casa e me amedrontavam.

Eu tinha ido para Angola, principalmente por Nicolás, mas nos víamos pouquíssimo; ele trabalhava em Songo, uma aldeia a duas horas de Uige, e se juntava a mim apenas nos fins de semana, quando, em vez de estarmos bem, acabávamos brigando. Eu andava tensa pelos problemas de saúde de Emily, a gestão da casa e o trabalho, e da mesma forma ele estava estressado pela convivência tensa com seu pessoal do trabalho e o ambiente perigoso onde vivia, em que os confrontos armados entre as facções da UNITA e do MPLA se intensificavam.

No começo, quando eu ainda estava na pensão, ia visitá-lo frequentemente em Songo, na grande casa onde morava com sua equipe, e passava alguns dias lá; cada vez eu ficava maravilhada: se meu alojamento era sóbrio e modesto, na casa dos MSF não faltava nada, embora, em vez de guardanapos, impossíveis de encontrar, havia um rolo de papel higiênico sobre a mesa. Os MSF conseguiam garantir uma excelente organização logística, contudo, o pessoal de Songo não era muito acolhedor e não via com bons olhos que Nicolás me hospedasse em seu quarto, coisa que eu tentava ignorar porque não me sentia bem na pensão. Em Uige tinha dificuldades para achar qualquer coisa para comer e me contentava com a polenta local, enquanto em Songo, graças aos suprimentos preferenciais dos MSF, nunca faltava comida. Eu estava cansada das restrições alimentares e invejava a abundância e a variedade da casa de Nicolás e de seu pessoal tão pouco amigável. Assim, um dia, quando abri a enorme despensa e vi todo tipo de comida que pudesse existir em um lugar como aquele, inclusive uma dúzia de latas de atum, me comportei como um pobre faminto. Teria pagado por uma daquelas latas, mas, certa de que jamais a venderiam para mim e sem a coragem de pedi-la de presente, olhei em volta e, após segundos de hesitação, decidi pegar uma e enfiá-la no meu bolso. Senti vergonha de mim mesma, mas o desejo era maior do que eu e o sentimento de culpa passou enquanto eu degustava lenta e saborosamente o interior daquela lata, deixando um pouco para o dia seguinte, como se não quisesse que terminasse. Quando Nicolás se deu conta, repreendeu-me e intimou-me a não fazer isso novamente, fiquei toda vermelha, sentindo-me humilhada, mas, apesar da vergonha pela sua recriminação, não pude negar o prazer que senti ao saborear algo diferente. MSF tinham várias latas de atum e eu só tinha pegado uma. Então, para o inferno Nicolas e sua equipe.

Com o passar dos meses, a relação entre nós dois havia revelado suas fragilidades com encontros que se transformavam em discussões e brigas, apagando qualquer esperança de construir um relacionamento que funcionasse, demonstrando nossa incompatibilidade.

Nesse ínterim, depois um período de aparente calma, a guerra se intensificou novamente, chegando às portas de Uige. Os representantes da ONU me pediram para levar Emily para um lugar seguro, longe dali, pois à medida que a situação se agravasse, os procedimentos de evacuação ficariam mais arriscados com crianças no meio. Eu não podia evacuar Emily sem ir embora com ela, então, concordei com o CUAMM em antecipar meu retorno à Itália. Nada havia funcionado com Nicolás, provavelmente por causa das circunstâncias desfavoráveis, portanto lhe disse em termos inequívocos que nossa história acabava ali, embora ele continuasse sendo o pai de Emily e pudesse vê-la sempre que quisesse. Foi um golpe duríssimo para ele, ainda muito apaixonado, enquanto para mim, menos envolvida e desapontada pelos poucos e fracassados encontros que tínhamos tido, o fim da nossa história era mais simples: pelo que eu sentia no meu coração, com Nicolás não havia futuro.

Antes de deixar Angola, o Dr. Vincenzo Pisani chegou para me substituir. Uma lenda na história dos voluntários do CUAMM. Ele era uma pessoa extraordinária, única, desprovida de qualquer vaidade ou egocentrismo, comia apenas uma vez por dia e usava sempre a mesma roupa, como os africanos, uma escolha de vida radical ao estilo franciscano que havia abraçado desde que havia posto os pés na África anos antes. Um dia, ao voltar da prefeitura, caminhando sob o sol quente de Uige, contei-lhe sobre meus esforços e minhas lutas para conseguir obter água e eletricidade em casa, satisfeita e orgulhosa de ter tido sucesso.

— Te deixo em herança uma casa com todos as comodidades básicas — brincava eu.

Ele, com uma simplicidade inofensiva, disse:

— Você está tão feliz só por ter levado água e eletricidade para sua casa?

Pela estrada, várias crianças se arrastavam em muletas por causa da pólio, adultos amputados de um ou mais membros por causa de explosões de minas terrestres literalmente rastejavam pelo asfalto empoeirado e quente, soldados armados até os dentes povoavam as ruas, para onde quer que eu olhasse, nada além de miséria. Me calei no momento em que entendi a profundidade de suas palavras e me dei conta do que havia ao meu redor, sentindo-me um pequeno bicho egoísta. Nunca mais esqueci daquela frase cujo significado continha uma verdadeira lição de vida que ecoou em minha mente durante anos. Você está tão feliz só por ter levado água e eletricidade para sua casa?

***

Ao retornar à Itália, como prometido, fui visitar Stefano Mensali, o gerente da Air France, em Florença, e lhe contei sobre minha viagem e meu retorno antecipado à Itália, após uma experiência que selou meu juramento de nunca mais voltar a trabalhar em um país em guerra. Fiz questão de agradecê-lo também porque, durante minha estadia em Uige, ele tinha me surpreendido enviando-me uma carta, mesmo sem ter meu endereço, por meio de um missionário brasileiro, o barulhento e exagerado Pedro, que vivia em um convento em Uige. Stefano se revelou uma pessoa extraordinária mais do que eu podia ter imaginado e me apeguei a ele em uma amizade profunda e duradoura que nos viu como protagonistas em muitas aventuras engraçadas, juntos a meus amigos, que se tornaram seus amigos.

Meu tempo em Angola finalmente tinha terminado depois de cinco meses. Tive a impressão de ter trabalhado pouco e mal, mas o CUAMM ficou satisfeito com os resultados; era meu o mérito de ter sido a primeira a lançar a pedra fundamental para as subsequentes atividades em um país devastado pela guerra, onde, depois de mais de vinte anos, numerosos projetos de saúde relacionados ao controle da tuberculose e de doenças crônicas estavam em andamento.

Uma vez de volta à Itália, os problemas de criar uma filha sozinha surgiram novamente. Em Uige havia uma babá para cuidar dela, mas em Siena as babás eram muito caras e, apesar da minha rede de amigos, às vezes eu tinha dificuldades para encontrar alguém que ficasse com ela quando eu tinha que estar no hospital. Por sorte, Emily era bastante tranquila para me deixar estudar, limpar a casa e preparar comida. No seu carrinho ou no porta-bebê, era a criança mais doce e sossegada que eu pudesse sonhar. Apesar disso, o tempo nunca parecia ser suficiente, o que me provocava uma espécie de mal-estar acentuado pela frustração e inutilidade que sentia no hospital de Siena. Nele, para tratar pouco menos de vinte pacientes, éramos quinze, entre médicos, residentes e estudantes, um abismo em comparação ao hospital de Uige, onde havia apenas três ou quatro médicos para cerca de trezentos pacientes. Assim, um sentimento de nulidade me afligia alimentando meu desejo de partir novamente.

***

As experiências na Guatemala e em Angola haviam selado definitivamente minha escolha de médica missionária, assim procurei me informar para fazer uma nova experiência pelo CUAMM, que me propôs ir para a Tanzânia.

Fui trabalhar como médica clínica no departamento de pediatria do Hospital St. John em Lugarawa, uma aldeia isolada nas colinas de Iringa. Estava a duas horas de carro de Njombe, a cidadezinha mais próxima onde era possível fazer mercado e efetuar telefonemas, pois não havia linha telefônica em Lugarawa, onde a única possibilidade de contato era pelo rádio. Durante a estação das chuvas, Lugarawa ficava isolada por vários meses, pois as estradas viravam intransitáveis por causa da lama. O Hospital St. John, ponto de referência para todas as aldeias vizinhas, dispunha de um departamento cirúrgico, de clínica médica e obstétrico, além da pediatria. Junto ao Dr. Maurizio, renomeado "Ulizio" por Emily, que na época estava com três anos de idade, eu era responsável pelo departamento da pediatria. Nele havia cerca de sessenta leitos: cada um acolhia três ou quatro crianças, enroladas nos tecidos africanos coloridos que serviam de lençol, fralda, saia, xales e lenço da cabeça para as mães. As condições higiênicas eram precárias, o cheiro que emanava era de urina; as crianças estavam muitas vezes impregnadas de xixi e cocô e levou tempo e paciência para fazer com que as mães entendessem que as tinham que lavar e limpar pelo menos antes da visita médica. O trabalho era estimulante, os diagnósticos eram exclusivamente clínicos devido à falta de recursos; diferenciar uma infecção de outra era difícil, se não impossível, sem testes laboratoriais ou de imagem, mas era emocionante quando, apesar das dúvidas sobre o diagnóstico, uma criança que chegava em condições gravíssimas saía curada. Ulizio e eu fazíamos a ronda juntos ou dividíamos os leitos, discutíamos os casos, às vezes discordando sobre o tratamento, mas sempre trabalhando em sintonia. Na sala cirúrgica, ele me ensinava sobre cesarianas e todo o tipo de cirurgia, na qual eu participava como segunda operadora. Quando seu contrato acabou alguns meses depois, coube a mim cuidar sozinha de cerca de cento e oitenta crianças, muitas das quais morriam, especialmente nos fins de semana, quando o pessoal sanitário diminuía; então, na segunda-feira eu lia a lista de crianças mortas, como se fosse um boletim de guerra, o que me partia o coração. Assim que acabei me sentindo na obrigação de ir ao hospital também nos fins de semana, na tentativa de limitar os danos causados pela ausência do médico.

Em uma manhã chuvosa de verão, chegaram dois meninos entre os oito e dez anos, em coma, febris, anêmicos e com seus corpos contraídos em posição fetal com a morte no olhar. Com muita probabilidade tinham a malária cerebral ou uma meningite, ambas potencialmente fatais. Tratei ambas as doenças e, após uma lenta recuperação, em algumas semanas eles se recuperaram. Ao vê-los sair do hospital com suas próprias pernas, de mãos dadas com suas mães, uma felicidade imensa e indescritível explodiu no meu coração e me senti orgulhosa de mim mesma, quase heroica, experimentando a beleza de ter salvado suas vidas.

Estas eram as extraordinárias satisfações do hospital em que tinha ao meu lado duas queridas enfermeiras, Mary e Martha, que me ajudavam com a tradução do inglês para o swahili, a segunda língua oficial da Tanzânia. Nossa relação profissional logo se transformou em uma sincera amizade que me ajudou a compreender melhor a realidade tanzaniana, a cultura e os costumes. Entendi que era inútil recomendar às mães das crianças desnutridas que as alimentassem com carne, peixe e outras fontes de proteína que eu ingenuamente recomendava, quando na realidade era a pobreza a verdadeira causa da desnutrição. Naquela época, eu desconhecia o contexto local e pensava que minhas fórmulas mágicas iriam resolver todos os problemas do mundo. Ao me deparar com a paupérrima realidade de Lugarawa, me dei conta não só de que nunca resolveria nenhum problema, mas também da provável inutilidade do meu trabalho: de que adiantava curar uma criança de pneumonia, se algumas semanas depois ela voltaria com malária cerebral letal? O que fazer com uma menina de doze anos com insuficiência cardíaca devido a uma suposta infecção estreptocócica, se não havia medicamentos cardiovasculares disponíveis? E por que as enfermeiras me chamavam no meio da noite para vê-la quando sabiam que não havia nada que eu pudesse fazer? Que eu não tinha respostas nem esperanças para seus pais com ar suplicante? Que eu odiava ser impotente quando em outros contextos a prevenção, o tratamento e a recuperação eram possíveis? O que eu estava fazendo em Lugarawa se a vida das crianças escorregava por entre meus dedos e eu nada podia fazer?

Passava noites e noites me torturando de frustração, me perguntando sobre minhas escolhas, sobre o significado do meu sonho missionário: era apenas uma utopia estúpida e sem sentido? Contudo, minhas dúvidas não foram suficientes para redirecionar minha vida para um caminho diferente. Todas as manhãs eu acordava cada vez mais apaixonada pela minha profissão, certa de que não havia mais nada que eu pudesse ou soubesse fazer e que, de qualquer maneira, valia a pena para aquelas poucas crianças que se tornariam adultas.

No entanto, em seu eterno vacilo, a esperança voltava a me abandonar toda vez que eu entrava pela porta do quarto número nove, no qual estavam os casos graves de desnutrição e HIV. Era o último quarto em que fazia a ronda no final da tarde. Sem nenhuma pausa, chegava ali exausta e com fome depois de ter visitado mais de cento e cinquenta crianças; era a etapa mais dolorosa do dia, as crianças, em estado terminal, se lamentavam em vozes fracas e esgotadas, uma litania contínua, pois não tinham nem mesmo a força para chorar. O quarto número nove era o que mais me abatia, fazendo com que me voltasse contra Deus e o mundo. Como era possível que crianças inocentes tivessem que vivenciar a agonia da fome? E por que o HIV deveria destruir a existência de pequenas criaturas que nada tinham a ver com as injustiças do mundo? Em 1998, haviam já sido identificados e comercializados vários medicamentos para o tratamento da AIDS, todavia, na África, onde a doença representava um tabu, o tratamento era uma mera utopia. Ninguém tinha acesso aos antirretrovirais, ainda menos as crianças.

Entre os pequenos pacientes do quarto nove, estava Anna, uma menina de três anos que pesava cinco quilos, enquanto Emily, tendo a mesma idade, pesava doze. Anna tinha sido abandonada pela mãe por causa do retardo mental e da paralisia do lado esquerdo, consequência da malária cerebral. Quem tomava conta dela era a avó, a qual, um dia, durante a ronda, notei que espancava a menina, exasperada pela sua incapacidade de exprimir a necessidade de fazer cocô ou xixi. Foi um soco no estômago: eu não podia suportar que uma criança minúscula e malnutrida pudesse levar surras. Instintivamente, andei com passos rápidos entre os leitos até chegar ao seu, e depois de algumas palavras sobre o estado de Anna, sugeri à avó que a deixasse sob meus cuidados por alguns meses após a alta, para mantê-la sob observação até que estivesse completamente recuperada e para dar à mulher um pouco de alívio. A avó concordou com prazer e eu levei Anna para minha casa, abraçando uma experiência de adoção temporária que se revelou muito intensa. Gostava de dar banho nela e arrumá-la com as roupinhas da Emily, que havia acolhido Anna como uma irmãzinha, brincando com ela, falando com ela ainda que ela não respondesse, acariciando-a e ajudando-a a comer. Me impressionava a maneira como Anna agarrava qualquer alimento com a mão: embora ela tivesse superado a fase aguda da desnutrição e ganhado vários quilos, se precipitava impulsivamente sobre a comida e a levava à boca como se nunca tivesse comido, mesmo tendo acabado de almoçar ou jantar, sinal de uma fome atávica que sempre a acompanhava.

O dia a dia no hospital de St. John hospital me deu muitas outras emoções que me marcaram profundamente. Entendi a fundo o verdadeiro significado de "morrer de fome" quando um dia um senhor veio reclamar de sua esposa, soropositiva, com sarcoma de Kaposi, que estava cuidando de sua filha desnutrida (dois anos e meio de idade, cinco quilos), sempre no quarto número nove. Juntas, mãe e filha pesavam 45 quilos. Tentei explicar ao homem que sua esposa e filha ainda precisavam de cuidados, mas todas as tentativas de convencê-lo foram inúteis, pois ele contra-argumentava que havia outros filhos em casa para cuidar e ele não aguentava mais. Eu não tinha respostas ou soluções, mas sabia que não podia compreender até o fim as exigências da necessidade extrema. Eu me preocupava com a saúde da mãe, que não tinha grande perspectivas de vida, dada a gravidade do seu diagnóstico, e acima de tudo, com a criança que não estava na menor condição de superar seu estado de marasmo. Após ter dado alta à mulher, convidei-a à minha casa, ao lado do hospital: eu poderia dar-lhe leite e alimentos em pó para a recuperação de seu bebê. Eram as papinhas que eu dava para Emily e que não iam fazer falta, pois Emily tinha outras coisas para comer.

Era hora do almoço quando a dona bateu na minha porta e eu a convidei para entrar. A porta da frente levava diretamente para a sala de jantar, sobre a mesa havia pão quente recém-assado por Luty e macarrão pronto.

— Venha, sinta-se em casa — falei, mas ela, intimidada, permaneceu em silencio na beira da porta.

Fui até a cozinha, peguei as papinhas, as coloquei em uma sacola e voltei para a sala, explicando a mamãe em meu swahili desajeitado como preparar e quando dar, dei-lhe um abraço e desejei-lhe boa sorte. Com seus olhos vidrados, a mulher me agradeceu e com toda a sua dignidade foi embora. Ao fechar a porta atrás de mim, fui invadida por uma profunda tristeza, me virei, olhei para a mesa arrumada (a toalha de mesa, o pão, o macarrão) e chorei de amargura, envergonhada daquilo que tinha, dos privilégios que possuía; me senti culpada pela comida que na minha casa não faltava, pelo pão e o prato de massa que eu teria comido, mas que acabei não comendo, aflita pelos olhos apagados que transmitiam dignidade daquela mulher que, junto a sua filha, pesava apenas 45 quilos. Tais episódios me desestabilizavam e confundiam, apesar das minhas tentativas de metabolizá-los. Não podia mudar a sorte do mundo, mas tinha oportunidade de trazer algum alívio aos que sofriam por meio do meu trabalho, uma palavra, um gesto de cuidado, uma entre muitas gotas do oceano, como dizia Madre Teresa de Calcutá, assim tentava juntar as peças e seguir em frente sem me deixar vencer pela impotência.

Com Anna, Emily e Ulizio, formávamos uma espécie de família que se reunia sempre para a janta. Ulizio morava na casa em frente à minha e era um excelente cozinheiro, muitas vezes, cozinhava para todos e, na hora de sentar-se na mesa, gritava pela janela

— Juditeeeeee! Tá pronto!

Ele havia me dado esse apelido do filme *O pequeno diabo*, de Benigni, cujos personagens principais eram Maurizio (Ulizio) e Judite (eu). Igualmente, quando eu o procurava por qualquer motivo eu gritava "Maurizio!" e ríamos como loucos pela nossa tolice. Estávamos felizes juntos e no tempo livre passeávamos para desfrutar a natureza incontaminada e silenciosa. Maurizio era muito carinhoso com Emily, a chamava de Topetinha, pelas madeixas de cabelos que eu recolhia em topetes em sua cabecinha loira. Ele era também um médico corajoso que não tinha problema algum em realizar cesarianas ou cirurgias de emergência, apesar de não serem sua especialidade.

À noite, depois de colocar as meninas na cama, dávamos passeios pelas ruas de Lugarawa e comtemplávamos a Via Láctea e suas constelações, que na escuridão total mostravam-se em todo seu esplendor sem ser ofuscadas por nenhuma luz artificial. Devido à falta de eletricidade, na noite em Lugarawa reinava a obscuridade e olhar para o céu era como navegar pelo universo. Espetaculares eram também as noites de lua cheia, que iluminavam a aldeia como se candeeiros de luz branca tivessem se acendido de repente, embora não existissem. Minha casa tinha janelas enormes e a luz da lua chegava com tal intensidade que era possível até ler um livro. Era mágico.

Nesse canto bonito e remoto da África, não faltava solidariedade para os pacientes; quando não havia doadores de sangue para crianças com anemia grave malárica, éramos eu e Maurizio que doávamos. Ele costumava provocar e assustar as crianças dizendo que, após a transfusão com nosso sangue, elas ficariam brancas. O nosso doar era espontâneo, assim como o nosso cuidado com as pessoas, que ia além da componente estreitamente médica.

Uma noite, três crianças chegaram ao hospital com malária, todos os leitos estavam lotados, então as coloquei sobre as mesas do laboratório com soros de quinina presos à parede enquanto suas mães seguravam suas cabeças com as mãos. A noite era longa, assim, fui para casa preparar chá quente para as três mães que estavam silenciosamente ansiosas pela gravidade das condições de seus filhos. Com seus sorrisos doces e humildes, expressaram gratidão e surpresa pelo chá preparado para elas por um médico *mzungu*, branco, enquanto eu sentia uma grande joia pelo pouco que podia oferecer. Em meu coração rezei para que as crianças sobrevivessem "Deus, eu fiz minha parte, agora é a Sua vez". Mas Deus nem sempre me escutava. Os gritos dilacerantes de dor de uma mãe que perdia seu filho eram a resposta ao silencio de Deus, abalando drasticamente minha fé até perdê-la.

Eu me sentia em casa em Lugarawa, tinha aprendido swahili no hospital, o suficiente para a história clinica dos pacientes, tomando aulas de inglês-swahili de um professor local: para mim, que já lutava com o inglês, o swahili era dificílimo, mas continuava a estudar, motivada pelo desejo de compreender meus pacientes, que, por sua vez, estavam convencidos de que eu tinha domínio completo sobre a língua local, assim, quando me encontravam pela rua ou no mercado, me falavam em swahili certos de que eu entendia tudo. Eu franzia a testa e me limitava a sorrir e acenar com a cabeça. Para poder ter uma conversa real em swahili, tinha que colocá-la por escrito e foi exatamente isso que aconteceu no dia em que Luty saiu com Emily de casa sem me dizer nada. Voltei do hospital e não encontrei nem Luty nem Emily; quando entendi que Luty havia levado Emily para a casa dela por conveniência, escrevi um discurso colérico para repreendê-la por sua iniciativa; queria ter a certeza de que ela entendesse toda a minha desaprovação falando em sua língua. Ela certamente entendeu, mas eu pareci ridícula lendo o relatório elaborado em swahili com um tom severo.

Pelo contrário, Emily, que brincava sempre com as outras crianças e passava os dias com Luty, tinha absorvido o swahili como se fosse a língua mais fácil do mundo. Estávamos em Lugarawa há poucos dias quando, voltando do trabalho, pedi a ela distraidamente que dissesse a Luty para ir embora.

— *Luty, unakuenda nhumbani*! — disse minha filha, com uma naturalidade impressionante.

Fiquei chocada pela sua tradução simultânea, tanto que jamais esqueci essa frase, a única que permaneceu em minha mente, além de algumas outras palavras comuns tais como "*Asante*" (obrigada), "*Habari za asubhui*" (bom dia), "*Usiku mwema*" (boa noite) entre outras.

Quando parti, deixei meu coração em Lugarawa, "*Tutaonana badaaye*", até logo. Eu sentia que mais cedo ou mais tarde voltaria.

7.
O último milho

Depois de concluir meu curso de especialização, comecei a enviar meu currículo para várias organizações humanitárias italianas, cuja lista me foi entregue pela Federação dos Organismos Cristãos ao Serviço Internacional do Voluntariado (FOCSIV), e a viajar por toda a Itália participando de seleções. Após cada entrevista, voltava para casa e procurava no globo terrestre minha possível destinação: com a imaginação, me projetava em Senegal, Indonésia, Chade, Congo, Cabo Verde, falando línguas desconhecidas, francês, inglês, português e, quem sabe, até línguas locais. O que não conhecia me fascinava intensamente.

Foi Moçambique minha primeira destinação pós-residência. A ONG Amigos de Raul Follereau (AIFO) estava envolvida na luta contra a lepra, doença que na Itália havia desaparecido há tempos e, portanto, era pouco estudada nas universidades, mas que ainda era muito difundida em países como a Índia, o Brasil e partes da África. Para compensar minha falta de conhecimento sobre a lepra, fui a Pokhara, no Nepal, a um hospital de referência para uma abordagem completa do que também era conhecido como Doença de Hansen.

Estava emocionada e feliz pelo meu estágio em um país asiático, onde iria colocar os pés pela primeira vez. Em Kathmandu, fiquei impressionada pelo trânsito caótico que causava um barulho ensurdecedor, uma mistura de buzinas e gritos, fumaça preta saindo dos tubos de escape, uma confusão absoluta em meio ao fluxo confuso de carros, caminhões, ônibus, bicicletas, riquixás, pedestres e vacas que se moviam como uma massa única, porém heterogênea. Os vários meios de transporte corriam, cruzavam-se e cortavam o caminho um do outro, correndo o risco de atropelar pedestres e riquixás, enquanto as vacas caminhavam tranquilas, lentas e indiferentes, sendo animais sagrados e, portanto, intocáveis. O cenário era fantasmagórico.

A cidadezinha de Pokhara era mais tranquila, situada entre as montanhas do Nepal, era possível visualizar o Himalaia branco pela neve, cuja silhueta contrastava com o céu sempre azul, um panorama que me lembrava o livro *Sete anos no Tibet*, de Harrer Heinrich. O hospital estava localizado em um vale, nas montanhas, e gozava de um silêncio quase sagrado, mais parecido com um lugar de cura para alma do que para o corpo. Em um mês de estágio, sob a orientação de médicos locais experientes, aprendi boa parte do que precisava saber sobre a doença mais antiga do mundo, já descrita no Antigo Testamento. O hospital de Pokhara recebia os casos mais diversos e graves, pacientes com dificuldade de fechar a pálpebra por acometimento de nervos, cegos, mãos deformadas ou com cotos em vez de pés, bem como casos clássicos neurológicos que necessitavam de cirurgia. O trabalho no departamento era intenso, às vezes, eu temia perder os sentidos ao ver certas lesões destrutivas e mutilantes da doença. Fora do hospital, eu não tolerava a comida sempre muito picante, tudo era apimentado e bem temperado, até um banal arroz branco que supostamente deveria ter um sabor neutro. Assim sendo, eu comia pouca coisa boa, emagreci. Emily tinha ficado com minha irmã Graziella e eu sentia muita falta dela. Só conseguia ouvi-la de vez em quando, porque o telefone para chamadas internacionais era longe da pensão onde eu morava.

— Eu estou bem com tia Grazia, mãe, não se preocupe em voltar — comentou com toda a sua ingenuidade em uma das ligações que eu tinha conseguido fazer depois de vários dias de tentativas inúteis.

Teria preferido ouvir que ela também sentia saudade de mim tanto quanto eu dela, mas ela tinha se adaptado tão bem em Gravina que não sentia a necessidade de me ver. Fiquei desapontada e, no caminho de volta, não consegui conter as lágrimas em lugar de ficar feliz por ela estar bem, mas como uma recém-mãe, precisava que Emily exprimisse seu apego a mim, sendo ela o laço afetivo mais importante que tinha.

O mês no Nepal passou em um sopro. Logo depois, Emily e eu estávamos no avião para Moçambique, onde eu seria responsável pela gestão de um projeto voltado para o controle de lepra e tuberculose, programas em que os recursos econômicos deveriam ser utilizados de forma acurada e específica. Por se tratar de projetos complexos, tive que ir à Etiópia, em um centro de treinamento chamado ALERT, para um curso internacional de quatro semanas sobre o assunto. No ALERT havia médicos de todas as nacionalidades, simpáticos e joviais. Falar em inglês o dia inteiro me cansava, então no tempo livre, enquanto os colegas iam passear por Adis Abeba, eu ficava em meu quarto lendo *Êxtase e Tormento*, um livro belíssimo de Irving Stone sobre a história romanceada de Michelangelo, tão envolvente que prendia minha atenção, mantendo-me acordada até tarde da noite. Em Abis Abeba, a recordação principal foi a beleza, a doçura e a feminilidade das mulheres do lugar.

Ao voltar para o Moçambique, me instalei em uma casa em Nampula, no norte do país, capital, sede do comércio, do hospital de referência e da cadeia. Nampula era uma cidadezinha bastante tranquila e organizada, com seus mercados de frutas e verduras, pequenas lojas indianas e as casas coloniais portuguesas. Da cidade, eu viajava por todos os distritos e as aldeias da província com o objetivo de identificar os casos de hanseníase e tuberculose, prescrever tratamentos e conduzir cursos de treinamento para os agentes comunitários, pessoas-chave no controle das duas doenças. A eles ensinávamos como identificar casos simples de tuberculose (a se suspeitar em pessoas com tosse há cerca três semanas) ou de lepra (a se suspeitar quando havia manchas claras na pele). O plano de trabalho era dividido e implementado junto ao pessoal sanitário local e a um médico holandês, doutor Charles Paff, um homem dócil que tinha grande dificuldade em falar português, mas que possuía uma sabedoria digna de respeito. Quando eu reclamava das ineficiências do trabalho, ele dizia com um sorriso:

— Lembre-se que se não houvesse problemas, nós não estaríamos aqui.

A cada semana, Charles e eu fazíamos visitas de supervisão a aldeias remotas; não havia telefones, celulares ou meios rápidos de comunicação, portanto, as pessoas que tivessem tosse ou manchas claras sobre a pele eram chamadas por anúncios enviados pelas escolas, centros de saúde ou igrejas para se juntar em um posto de saúde de uma aldeia-alvo onde, em uma data predeterminada, iria o pessoal médico de Nampula.

No dia e no lugar designados, os pacientes chegavam dos vilarejos vizinhos após horas e horas, se não o dia inteiro de caminhada para o exame médico. Quando chegávamos, encontrávamos de cinquenta a oitenta pessoas esperando por nós; sentadas na sombra das árvores, uma a uma nos contavam sobre a própria doença e nos deixavam examiná-las; para cada paciente criávamos uma ficha médica para registrar o diagnóstico e o programa de tratamento. O nosso carro era utilizado para levar até Nampula os pacientes mais graves, que exigiam terapias mais complexas, pois os casos simples eram confiados aos agentes comunitários, treinados para fazer os diagnósticos mais frequentes e fornecer o tratamento da tuberculose e da hanseníase, preparados em blísteres individuais e gratuitos. Os agentes comunitários eram compostos por voluntários das comunidades locais, às vezes sem nenhuma escolaridade, que estavam dispostos a colaborar para melhorar a saúde do seu povo. Muitas vezes eram ex-pacientes que, após sua própria experiência, optavam por colocar-se a serviço da comunidade, contribuindo para a prevenção e o tratamento de doenças das quais eles mesmo haviam sofrido. Por seu empenho, eles recebiam uma bicicleta que lhes permitia ir de casa em casa quando os pacientes não compareciam aos postos de saúde para retirar seus medicamentos. A bicicleta e a participação nos cursos de formação eram para eles motivo de orgulho e alegria. Para nós, a formação era um grande desafio devido ao baixo nível de instrução dos participantes; durante os cursos, tentávamos transmitir os conceitos-chave para o diagnóstico precoce da hanseníase e tuberculose. Quando eu não tinha a certeza de ter sido clara, fazia perguntas. Em um dos muitos cursos organizados pela AIFO em colaboração com o Ministério da Saúde de Moçambique, havia um jovem, no fundo da sala, com um olhar um pouco confuso que me deixava em dúvida sobre a compreensão da aula, então decidi fazer-lhe uma pergunta simples:

— Quando você acha que um paciente tem lepra e quando você deve suspeitar que tenha tuberculose?

O rapaz continuava me olhando com ar interrogativo, sem responder.

— Vamos lá, te dou uma ajuda, um paciente com tosse por mais de três semanas tem?

— Um paciente com tosse há mais de três semanas tem... hanseníase!

Com essa reposta, toda a classe explodiu em gargalhadas e eu não sabia se me juntava à risada geral ou chorar. O que ele faria quando recebesse o certificado de participação? Embora não tivesse esperança, tentei resumir os conceitos básicos, preocupada porque talvez nem fosse capaz de entender, e tampouco era possível "reprovar", pois não podíamos reprovar voluntários que se disponibilizavam na luta contra a lepra e a tuberculose.

Aldeia após aldeia, percorríamos longos quilômetros por todos os distritos de Nampula. Frequentemente era eu quem dirigia pelas estradas de terra vermelha cheias de buracos. Após milhas e milhas, adquiri uma boa capacidade em evitá-los, o que era para mim motivo de orgulho: "Posso competir no rali Paris-Dakar!", brincava com o pessoal. Durante a estação das chuvas era comum que o carro ficasse atolado e levava horas para pô-lo de volta na pista com a ajuda dos moradores locais que, um a um, apareciam como se brotassem do chão feito cogumelos e vinham empurrar o carro.

Eu deveria chegar a Lapala, uma aldeia a vinte quilômetros de Nampula, para examinar alguns de pacientes, no dia em que me aventurei sozinha sob uma chuva torrencial. Havia calculado um par de horas para fazer tudo, mas, depois de cerca dez quilômetros, senti o carro parar e afundar em um atoleiro gigantesco que tinha tentado atravessar, convicta da minha experiência e do manejo das marchas de tração do carro que bem conhecia. Pisava no acelerador, mas meu poderoso SUV sul-africano não se mexia, afundando mais ainda. Foi uma tarefa árdua e longa tirá-lo da lama com os ajudantes locais, quando conseguimos, eu estava enlameada da cabeça aos pés. Naquelas condições me apresentei no posto de saúde de Lapala, onde os pacientes me esperavam há algumas horas.

— Estamos esperando a *Doctora* — disse o agente comunitário quando me encontrou, desapontado. Considerando o meu estado, ele pensou que eu fosse o motorista do carro.

— Sou eu! Sou a *doctora* e a motorista — tranquilizei-o, sorrindo.

O homem sorriu de volta e me convidou a ir a uma fonte para me limpar da lama, antes de ser vista pelos pacientes, que não confiariam em mim toda cheia lama. As consultas correram bem em sua rotina habitual, com avaliação, registro dos dados, educação sanitária, distribuição de medicamentos e recomendações ao agente comunitário, sempre feliz de colaborar no acompanhamento dos casos até o término do tratamento, que durava de seis até um ano. Não tinha parado de chover um segundo e era o final da tarde quando me aventurei a voltar para Nampula. A chuva era tão forte que, no caminho de volta, atolei o carro novamente. Logo escureceria e eu estava prestes a entrar em pânico quando um homem se aproximou e, tentando me consolar, comentou persuasivamente

—Não se preocupe, *doctora*, em três horas, no máximo, vamos resolver tudo.   Como se três horas para sair do pântano fossem minutos. Não era fácil para homens miúdos e magros empurrar um 4x4 para fora da lama, mas com cordas, empurrando e levantando as rodas, conseguimos colocá-lo de volta na pista em algumas horas. Depois de ter agradecido a todos os ajudantes, voltei para casa, chegando em Nampula no meio da noite: vinte quilômetros e alguns pacientes, em um total de catorze horas longe de casa.

Apesar dessas desventuras, adorava viajar pelas zonas rurais de Nampula, onde as pessoas esperavam sentadas no chão, abrigando-se do sol sob grandes árvores, as mulheres vestidas com suas extravagantes *capulanas* com as quais amarravam nas costas suas crianças, enquanto os homens vestiam roupas gastas, mas ainda assim dignas. Para proporcionar um mínimo de privacidade durante o exame médico, improvisávamos um pequeno lugar protegido, criando um canto entre o carro e uma casa, onde as mulheres pudessem se despir. Os troncos das árvores serviam de bancos para os doentes e para o pessoal que tinha que preencher as fichas de saúde. Em uma dessas aldeias remotas, visitei uma mulher de meia-idade que levava consigo todas as mutilações possíveis e imagináveis da lepra, que havia acometido seriamente seus olhos tornando-a cega e transformado suas mãos e pés em cotos infectados. Escutei-a por muito tempo, falava timidamente sem nunca culpar a vida ou as autoridades, resignada com o seu destino, enquanto eu estava irada pela sua doença devastadora e por ter chegado tarde demais para curá-la.

Durante as supervisões, a comunidade nos oferecia o almoço, feliz em poder retribuir nosso trabalho de alguma forma. Para dormir tínhamos que nos arranjar em uma espécie de pensão improvisada, ou então nos adaptávamos a qualquer coisa, acabando por dormir nos centros de saúde mesmo ou em algum quarto vazio e degradado dos pequenos hospitais remotos. Para tomar banho, tínhamos a nossa disposição a água terrosa dos poços.

— Por que você me dá banho com água suja se eu estou limpa? — perguntou Emily uma vez, com sua ingenuidade, mas me fazendo perguntas lógicas e sensatas.

— Para te refrescar — respondi, sorrindo.

O calor era sufocante, lhe daria um banho de verdade dali a alguns dias assim que chegássemos em casa. Quando sua babá Maria não podia dormir em casa, eu levava Emily comigo nas supervisões. Entre as pessoas, a sua pele branca e o seu cabelo loiro faziam sucesso, era uma menina sociável e expansiva, brincava e corria descuidadamente entre os pacientes de lepra e tuberculose quando eu não conseguia mantê-la na camionete.

Como todas as crianças, ela não se sentia diferente dos nativos, comia muito bem com as mãos, pois tinha aprendido com Maria. Ao contrário, eu estava sempre em busca de talheres, mesmo nas áreas mais remotas.

— Você não tem medo de que ela pegue essas doenças contagiosas? — me perguntavam as pessoas da Itália.

Instintiva ou inconscientemente, eu estava convencida de que ela nunca adoeceria, porque era saudável e forte, de certa forma, eu estava certa. Em vários anos na África, ela só pegou malária duas vezes, giardíase uma vez e alguma outra gastroenterite, mas nunca lepra ou tuberculose.

Era uma segunda-feira quando Emily adoeceu com malária: febre de quarenta graus e teste de laboratório positivo para *P. falciparum*, o agente etiológico da malária cerebral. Eu tinha que viajar para uma supervisão que, naquela situação, não sabia mais como conciliar com seu adoecimento nem Charles Paff podia me substituir.

— Sinto muito, mas não é possível, tenho outros compromissos, cancele a supervisão e reprograme-a daqui a uma semana.

— Não posso fazer isso, tem pessoas que caminham dias inteiros para chegar ao posto de saúde, seria horrível deixá-las esperando sem poder avisá-las, eu me sentiria culpada.

— E se a condição de Emily se complicarem?

— Não sei. Espero que não, Maria vai ficar com ela, vou deixar os medicamentos com ela e lhe darei instruções sobre o que fazer; vou dizer a Maria para procurar você se houver problemas.

— Como você quiser, passarei a visitá-la nos próximos dias, mas para mim você é louca!

Depositei minha fé e minha confiança em Maria e Charles, cruzei os dedos e viajei como previsto, sabendo que jamais me perdoaria se tivesse acontecido algo a Emily. Eu tinha um forte sentido de dever em relação aos pacientes e uma energia positiva me dizia que não aconteceria nada sério. Era como se um espírito superior (Deus) cuidasse dela, enquanto eu estivesse cuidando dos pacientes de hanseníase e tuberculose. Talvez eu tenha sido imprudente e, olhando para trás, não teria viajado deixando Emily sozinha, todavia, como eu esperava e sentia, tudo correu bem; quando voltei, ela já estava recuperada.

***

A Organização Mundial da Saúde (OMS) tinha incluído entre os objetivos do milênio a redução dos casos de tuberculose, levando todos os países a implementar as estratégias de controle. Em novembro de 1999, o Ministério da Saúde moçambicano emitiu uma diretiva nacional para procurar ativamente casos da doença nas prisões, onde a incidência era maior devido à superlotação. Marcamos um encontro com o diretor da prisão civil de Nampula, que nos levou a uma visita guiada pela cadeia, uma estrutura que tinha sido construída para cerca de oitenta pessoas, mas abrigava mais de quinhentas; a prisão, além do pátio, tinha apenas duas ou três celas grandes para reclusos de sexo masculino, que eram a maioria; uma cela pequena para as mulheres, uma para os doentes e um depósito. Quando entramos nas celas para falar sobre a busca ativa de casos, fiquei chocada ao ver os reclusos todos em pé, amontoados como sardinhas em suas celas, desnutridos, nus e sujos como se fossem judeus nos campos de concentração de Auschwitz. Não havia camas para dormir ou espaço para se sentar, não havia água corrente e o cheiro era nauseante, o banheiro se resumia a um buraco, no canto da cela, que servia de latrina. Uma imagem inacreditável, no limite do real, em que a humanidade e a dignidade eram tristemente desvalorizadas e aniquiladas. Explicamos aos presos que qualquer um deles que tivesse tosse há mais de três semanas tinha que nos dar uma amostra de escarro; esclarecemos o significado e as estratégias do nosso trabalho e marcamos um encontro para a semana seguinte. Deixei a cadeia incrédula, horrorizada, a precariedade das condições dos detentos me impediu de dormir por noites inteiras, não tinha paz e continuava a me perguntar o que poderia fazer por aqueles rapazes de olhares vívidos. Na minha mente vieram milhares de ideias, assim que, depois de muito pensar, decidi criar um pequeno ambulatório no presídio e fornecer-lhes assistência médica nos fins de semana, quando estava livre dos meus compromissos com o projeto da AIFO. O diretor aceitou com entusiasmo minha proposta e me abriu as portas do presídio. A AIFO não se opôs, pelo contrário, acolheu meu pedido de fornecer medicamentos necessários para o tratamento dos presos. A partir de então, todos os fins de semana eu ia até a prisão em que não havia seguranças e os próprios presos se improvisavam como seguranças para me proteger de seus companheiros mais desassossegados. Quando chegava ao ambulatório de dois metros quadrados, os detentos me recebiam com alegria, preparavam a cadeira e a mesinha, cobrindo-a com uma capulana colorida limpa, e depois coordenavam o fluxo dos pacientes, deixando-os entrar um a um. Eu os examinava e lhes dava os medicamentos; depois acabei descobrindo que os vendiam por comida ou cigarros. Eram rapazes bem jovens, ladrões de galinhas ou bicicletas, raramente criminosos. Apenas um preso estava ali por homicídio, um homem de idade indefinida que, numa tentativa de matar sua esposa que o havia traído, havia golpeado fatalmente sua filha de um ano, amarrada às costas de sua mãe. Indignados, os moradores de sua aldeia o haviam agredido com violência, causando-lhe um ferimento na cabeça que havia comprometido sua sanidade mental e raciocínio. Ele estava em um estado tão precário que era inofensivo; comportava-se como uma criança, conseguindo o afeto de seus companheiros que zombavam dele, mas o queriam bem. Ele me pedia continuamente vitaminas, que considerava indispensáveis para sua sobrevivência. Comportava-se e comunicava-se com a ternura de um cão abandonado, fazendo com que eu fosse amável e generosa com ele. Vários presos entravam e saíam da prisão como se estivessem em casa.

— É para comer a comida da prisão que ele sempre volta — disse uma vez um deles sobre um companheiro que tinha fugido e sido pego pela polícia enquanto fingia ser um cobrador de ônibus.

— Da próxima vez que fugir, me avise que eu acharei um emprego mais discreto para que a polícia não o encontre — brinquei com o garoto assim que voltou para a cadeia.

Eu me sentia bem em oferecer assistência médica aos rapazes, apesar do cheiro desagradável do lugar, odor que penetrava na minha pele, impregnando até mesmo minha roupa íntima. Em casa, ficava debaixo do chuveiro por horas tentando me livrar do cheiro que não me abandonava por muito tempo. Com os detentos eu havia construído uma relação de afeto recíproco, tanto que acabaram me adotando como mãe, por serem muito jovens; quando saíam do cárcere vinham me fazer visita em casa, para me cumprimentar ou pedir dinheiro emprestado que jamais devolviam. Um deles, que havia espontaneamente assumido na prisão o papel de meu "guarda-costas", numa tarde, tocou a campainha da minha casa para me contar o quanto estava feliz por ter sido absolvido de um assalto que implicava dois anos de prisão. Como havia ficado em reclusão por quatro anos, recebeu uma compensação financeira por ter cumprido em dobro a pena, o que o deixava supercontente.

— Eu sabia que você era um bom rapaz — o elogiei, dando-lhes palmadinhas nas costas. E realmente acreditava nisso.

Eu confiava tanto nos rapazes que, em ocasião de um pequeno surto de provável salmonelose ou shigelose, consegui que quatro deles fossem internados no hospital, pois estavam em condição grave e com febre alta. Eu os havia colocado no chão do quarto da prisão, que era exclusivo para doentes, com soros afixados nas paredes numa tentativa de hidratá-los, mas não havia antibióticos específicos para tratá-los. Já era noite, e tinha medo de sair para monitorá-los, embora minha casa não estivesse longe da cadeia.

— Diretor, estes rapazes devem ser transferidos para o hospital, eu estou aqui como voluntária, não posso vir à noite.

— *Doctora*, se os levar para o hospital, fugirão, como sabe não temos pessoal de segurança.

— Eles podem morrer de septicemia, estão desidratados, desnutridos, você assumirá essa responsabilidade. De qualquer forma, nas condições em que se encontram, não poderão fugir, estão muito fracos.

O diretor concordou de má vontade com a internação. Eu os acompanhei até o hospital e lhes repeti um milhão de vezes para não fugirem.

— Eu dei minha palavra ao diretor, confio em vocês.

Todos os dias, ia visitá-los para me assegurar de que estivessem bem e que não haviam fugido. Não desconfiei da intenção deles quando me pediram para trazer-lhes roupas e pães: no quarto dia de internação, eles desapareceram do hospital. Fui até a cadeia com o rabo entre as pernas, sentindo-me culpada e responsável pela fuga. Estava toda suada quando me anunciei ao diretor para dar-lhe a má notícia, temendo sua cólera.

— Diretor — comecei, cabisbaixa —, queria dizer que.

— Eu já sei. Era óbvio que aconteceria, não se sinta responsável.

A notícia, não sei como, tinha me precedido. Aproveitando de sua aparente resignação, brinquei

— Bom, melhor quatro fugitivos que quatro mortos!

Ele sorriu, balançando a cabeça. Me respeitava e apreciava minha dedicação à prisão.

Depois de alguns meses, fui obrigada a interromper as atividades no cárcere logo depois que um dos detentos, vítima de torturas e mal tratamentos pela polícia, chegou ao ambulatório cheio de hematomas e feridas infectadas e pútridas nos pulsos e tornozelos por ter sido amarrado com arame por várias semanas. O arame havia danificado nervos e tendões, impedindo os movimentos das mãos. Senti muita raiva e revolta: era inaceitável o que tinha acontecido, assim, na minha ingenuidade, fotografei as feridas antes de tratá-las e as envie a Anistia Internacional, além de denunciar o ocorrido às autoridades locais, sem pensar em sua conexão com a polícia: a polícia fazia parte das autoridades locais. Enquanto continuava a lutar contra os moinhos de vento na prisão, recebi um pedido de expulsão de Moçambique pelo governo local, que me definiu como um "hóspede indesejado", pois eu tinha afetado a reputação da polícia. Enquanto tentava descobrir como reparar os danos e negociar, a AIFO me ordenou que suspendesse as atividades na cadeia, pelo menos até que as águas se acalmassem. Me revoltei, convencida do que a AIFO, como organização humanitária, deveria defender os Direitos Humanos; se seguiram discussões intermináveis.

— Você mexeu com as consciências! Nunca tínhamos tido uma reunião de oito horas — disse o diretor da AIFO ao telefone.

Chegamos a uma espécie de compromisso: iríamos elaborar um projeto mais amplo visando à reabilitação social dos presos, à assistência médica, a programas de alfabetização e à formação profissional. O projeto, uma vez elaborado, foi aprovado e depois financiado pela Comunidade Europeia para minha grande satisfação.

Eu tinha trabalhado de coração pela prisão de Nampula e tinha um grande carinho pelos detentos, que sempre me faziam me sentir bem-vinda e amada. Para o dia 25 de dezembro, organizamos uma festa com fundos arrecadados pela AIFO, compramos um frango assado para cada prisioneiro para o almoço de Natal. Além do frango, receberam também "um presente de Natal": uma sacola de plástico azul (daquelas de supermercado) contendo um suco de caixinha sabor manga, um sabão branco, um pacote de biscoitos Oro Saiwa e algumas revistas. Para organizar o evento, tive a ajuda da Irmã Daniela Maccari, uma jornalista da comunidade comboniana que trabalhava na área de educação e treinamento de mulheres. Ela enviou algumas de suas colaboradoras à minha casa para encher as centenas de "sacos de presentes" com a babá Maria e a Emily, que se divertiu colocando com suas mãozinhas os biscoitos dentro das sacolas.

Por volta do meio-dia, quando todas as sacolas estavam prontas, chegaram os grandes potes de frangos assados encomendados em um restaurante; pusemos tudo no carro e levamos para prisão, no pátio, onde os rapazes estavam em fila indiana sob o sol, prontos para receber o almoço de Natal. Uma fila de sorrisos animados, alinhados e famintos. Um dos prisioneiros era responsável por colocar uma colherada de polenta de uma das cinco panelas gigantes da refeição diária nos pratos, enquanto nós entregávamos o pequeno frango assado e a sacola de presente a cada um. Eles estavam felizes como nunca, erguiam o frango quente e fumegante como um troféu antes de comê-lo, depois iam para suas celas e se sentavam no chão para degustar o prato, cujo sabor era um desejo distante e esquecido. No final, nos reunimos todos para uma foto de lembrança, contentes por imortalizar aquele momento diante da câmera, mostrando um sorriso que valia mais que mil palavras: uma comemoração do direito à vida e à alimentação. Eu estava radiante pela alegria deles e pelo sucesso da iniciativa. Um dia memorável para todos eles e para mim, que tive o melhor Natal da minha vida. A rádio local comentou o evento, que também foi noticiado em alguns jornais na Itália.

Moçambique representou para mim uma das experiências profissionais e humanas mais emocionantes. Dois anos entre pacientes com hanseníase e tuberculose, os prisioneiros, a amizades daqueles que, como eu, estavam empenhados na luta pelos últimos, a voz dos sem voz. O último milho.

A minha vida naquela terra, com sua longa costa no Oceano Índico e as suas praias brancas, também foi marcada pelo encontro com o Dr. Alcino, o diretor nacional do programa de hanseníase que conheci durante um curso para o pessoal de saúde em Nampula. Ele era um homem bonito, alto, de aparência imponente, orgulhoso, elegante e perfumado. Naquele dia, estava vestindo uma camisa branca que ressaltava sua pele escura, uma calça preta e um casaco xadrez com minúsculos quadrados pretos e brancos. Em ocasião dos cursos de treinamento, os participantes recebiam uma diária para cobrir as despesas de alojamento e as refeições. Eu havia ido ao banco para retirar o dinheiro das diárias dos participantes, milhões e milhões de meticais, moeda moçambicana de muito pouco valor em relação ao dólar, cem para um dólar. Ao manejar milhões de notas, eu acabei me confundindo e comecei a entrar em pânico. Sentada nos degraus da sala de aula, continuava a contar o dinheiro, nervosa e estressada, porque a conta não fechava.

— Quanto falta? — me perguntou Alcino, inclinando-se sobre mim.
— Um milhão de meticais — respondi, desolada.

— Não se preocupe, eu dou para você.

Aquele ímpeto de generosidade verbalizada, como se fosse a solução mais simples e óbvia, me tocou. Surpresa, eu sorri, depois começamos a conversar e a brincar como se nos conhecêssemos desde sempre e, no final do dia, trocamos número de telefone, iniciando uma série de conversas cada vez mais frequente. Alcino morava em Maputo, a dois mil quilômetros de Nampula, e era um dos dois únicos dermatologistas em todo o país. Um mês depois, fomos a um congresso em Pretória, na África do Sul, e viajamos juntos de ônibus, sentados perto um do outro conversando. Oito horas voaram em instantes de forma fluida, alimentadas por uma afinidade intelectual, ideológica e profissional inesperadas. Havia também uma química de pele e cheiros que em uma espécie de alquimia nos manteve colados durante toda a semana do congresso e nos levou a procurar um pelo outro mesmo após termos voltado para Moçambique. A atração e o interesse recíproco o levavam a me visitar com frequência em Nampula, com a desculpa de que esta era a província com maior incidência de hanseníase, tornando-se a sua província preferida.

Por minha vez, tentava achar motivos de trabalho para ir a Maputo e encontrá-lo. Percorremos quilômetros e quilômetros nas inúmeras viagens de avião Nampula-Maputo, qualquer desculpa era válida para trabalharmos juntos, o que era fácil por estarmos engajados no mesmo programa; a nossa história tornou-se óbvia aos olhos de todos que nos conheciam, nem ele se preocupava em escondê-la, dormia em minha casa, usava meu carro e saímos juntos. Nós nos complementávamos no trabalho, não havia competição, discutíamos os casos clínicos e estratégias de intervenção, cada um com seu próprio conhecimento e sua experiência. Juntos, estávamos determinados a perseguir os objetivos do projeto, ou seja, diagnosticar e tratar o maior número de pacientes com hanseníase ou tuberculose.

Eu amava ir às supervisões com Alcino, ocasiões em que ele me enchia de atenção e cuidava de mim, tornando menos pesadas as restrições logísticas das aldeias. Sempre pagava alguém para acender o fogo com lenha de manhã cedo para aquecer a água com a qual eu podia tomar banho sem tremer de frio; trazia consigo leite em pó, que não havia nas áreas rurais, sabendo que eu costumava tomar café com leite no café da manhã, do contrário ficava com dor de cabeça. Tomava conta de mim como se eu fosse uma criança e eu adorava me sentir protegida.

Acredito que foi a primeira vez que alguém cuidou de mim com uma atenção quase paternal.

Suas iniciativas, para me fazer sentir bem, enchiam meu coração, embora às vezes me sentisse desconfortável.

— Você compra os privilégios de gente rica, de gente branca, como os colonialistas — comentava eu para ele.

— Amor, é uma forma de redistribuir as riquezas, de dar oportunidades sem fazer caridade, ou dar dinheiro por compaixão.

Essa era sua filosofia, então comprava vinte, trinta ovos, cachos e mais cachos de bananas e tudo aquilo que lhe ofereciam para dar aos seus colegas do trabalho. Eu o amava também por isso, o amava tanto que, uma vez, antes de ele chegar a Nampula, viajei cento e cinquenta quilômetros para comprar dois quilos de mangas de um fazendeiro que vendia as melhores da província. Cento e cinquenta quilômetros só para ele poder comer suas mangas favoritas. Alcino zelava por mim, me mimava, e eu me apegava a ele cada vez mais, criando raízes em seu coração. Porém, a beleza da nossa relação era deturpada pelo fato de ele não ser um homem livre; na capital, ele tinha uma mulher a quem estava ligado há muitos anos e da qual, apesar de considerar a hipótese, não pretendia se separar. Não obstante, a nossa história continuou a se desenvolver com uma crescente paixão. Escrevíamos quilômetros de palavras de amor um ao outro; onde quer que estivesse, às cinco da manhã me enviava pontualmente um e-mail, trocávamos longos telefonemas cheios de cumplicidade sempre que tínhamos acesso a um telefone fixo.

Para satisfazer nosso desejo de estar juntos, planejávamos viagens dentro de Moçambique e para fora do país. Quando em Nampula, íamos à praia, em lugares desconhecidos de difícil acesso por causa das estradas arenosas que, portanto, estavam desertos. A areia era branca, a água cristalina, pura e incontaminada, pois não eram acessíveis aos turistas. A península de Pemba, no Cabo Delgado, a histórica Ilha de Moçambique, com ruinas da época colonial portuguesa, eram paradisíacas. Viajamos para a África do Sul, Índia, Paris e cada vez era como uma lua de mel. Alcino tinha um *savoir-faire* que me encantava. Autoconfiante, respeitava os outros, muito trabalhador, sabia aproveitar a vida sem ambições doentias. Assim como eu, ele tinha uma grande dedicação à hanseníase, uma doença impiedosa, altamente estigmatizante por ser mutilante, e o que era importante para seu povo pesava sobre ele. Nos cursos de treinamento que organizávamos, costumávamos enfatizar que, se a tuberculose era praticamente mortal para os doentes, a lepra os matava socialmente porque os marginalizava. Ambas eram doenças relacionadas à pobreza, e Alcino sabia disso muito bem, tendo sido filho da pobreza em sua infância. Me contava que sua mãe trabalhava como faxineira no hospital e ele, quando criança, ia para o hospital para comer a comida que ela conseguia obter, escondida. Não era por acaso que, para uma maior segurança econômica, ele exercia sua profissão também em clínicas privadas, que garantiam o acesso a saúde aos moçambicanos ricos. Era um trabalhador incansável, "trabalha como um branco", comentou uma vez um de nossos amigos em comum, me fazendo rir pela inversão conceitual do nosso "trabalha como um negro". Com empenho e dedicação tinha percorrido um longo caminho, alcançando um alto status econômico do qual não tinha intenção de renunciar e ao qual estava me acostumando, despojando-me de minha concepção católica-cristã, segundo a qual a vida tinha que ser um sacrifício contínuo, uma flagelação, uma total doação de si aos outros, pois, se assim não fosse, estaríamos pecando de egoísmo: eram essas as minhas crenças na época. Com ele aprendi que a vida era mais que isso, era beleza, era alegria, era conforto, bem-estar físico e mental, em que o sofrimento dos outros era deixado de lado por algum tempo. Alcino me abriu para um mundo a mim desconhecido, embora isso não tenha mudado minha essência. Em seus braços, me sentia pequena como uma criança, me perdia no calor de seu corpo, me sentia em casa. Seus braços eram minha casa, eram tranquilidade e segurança como eu nunca havia sentido antes. Me fazia sentir bonita, apesar de eu nunca pensar que o fosse, e muitas vezes me provocava dizendo que, embora eu fosse europeia, eu era selvagem e primitiva, enquanto ele brincava no papel de rico e nobre senhor. Me fazia rir das bobagens que dizia. Eu adorava seu corpo esculturtal, seu cheiro sempre de limpo, o perfume que usava, a paixão que nos unia, o mistério do amor que vivíamos cada vez que nos encontrávamos. Alcino me achava ingênua, forte e ao mesmo tempo frágil, "tão frágil como um cristal", e me amava pelo que eu era. Não concordava com meu trabalho na prisão, mas o respeitava, tendo uma grande consideração pelas minhas iniciativas e pelo meu profissionalismo. Ele havia se tornado meu oxigênio, o amor da minha vida. Nossa mútua dependência afetiva, principalmente de minha parte, se chocava com a vida que ele vivia em Maputo, o que me fazia sofrer, porque eu tinha ciúmes.

***

— Vincenza, você está me ouvindo?

— Oi, mãe sim, sim, te ouço. Como você está?

— Seu pai está no hospital, teve insuficiência cardíaca novamente.

— Oh, eu sinto muito, mas você sabe que o coração dele faz caprichos, vai ver, ele ficará bem como sempre, não seja tão dramática.

— Desta vez é diferente, ele está muito mal e os médicos também estão preocupados. Por que você não volta? Seu pai expressou o desejo de rever você e Emily.

— Voltarei daqui a dez dias, não falta muito!

Eu já tinha minha passagem para voltar à Itália, mas tinha organizado uma pequena viagem com Alcino antes do meu retorno, temerosa ou certa de que ao deixar Moçambique, nossa história acabaria, já que nem havia renovado meu contrato com a AIFO.

— Seu pai talvez não consiga desta vez, você deveria voltar imediatamente, ele quer muito vê-la — insistiu minha mãe.

Senti sua voz tremer, um tremor diferente, talvez ela não estivesse exagerando. Decidi renunciar à semana de amor com Alcino e, levando só o tempo necessário para antecipar tudo, voltei para casa. No aeroporto de Maputo me despedi de Alcino com o coração partido e, durante todo o voo de volta à Itália, chorei pelo amor perdido.

Em Bari, meu irmão Rino me esperava com seu amigo de infância, Nino. Entendi no caminho para Gravina que tinha chegado tarde demais. Em casa, tudo estava pronto para o funeral. Assim que Graziella me viu, me arrastou para dentro de um quarto para que eu trocasse de roupa: sem saber de nada, eu tinha colocado umas calças verdes e uma camiseta colorida. Ela aparentava estar muito cansada porque, junto à minha mãe, tinha tomado conta de meu pai até o final. Eu me sentia abalada, esperava encontrá-lo ainda vivo para realizar seu desejo de me ver abraçar Emily. Me senti culpada por não ter antecipado ainda mais meu retorno. Quem sabe, talvez eu tivesse procrastinado tudo porque algo havia se rompido irreversivelmente em nossa relação depois da minha gravidez. Se eu tivesse viajado três dias antes, como havia pedido minha mãe... Mas, àquela altura, era tarde demais até para se arrepender. Chorei pela sua morte, pensando no que tinha sido nossa relação. "Bonequinha", me apelidava quando eu era pequena, beliscando minha bochecha. Eu tinha sido sua favorita, a filha de quem ele mais se orgulhava, até aquela fatídica frase "Você sabe o que tem que fazer, senão esqueça que pertence a essa família" pronunciada pelo telefone quando soube que eu estava grávida, a partir de então, me conformei em ser cortada da família. Os pensamentos não aliviavam a dor que eu sentia pela sua ida, dor que absurdamente se fundia e confundia com a angústia que eu sentia pela perda do meu grande amor. Eu estava vivendo um luto também pelo fim do meu relacionamento com ele. Deixar Moçambique havia significado renunciar a Alcino e àquela história na qual, em sua vida, eu não gozava de exclusividade. Em poucos dias, meu mundo havia desabado, enquanto uma parte de mim morria com meu pai, a outra morria com a separação de Alcino. Ele não havia pedido para eu voltar e eu não havia previsto o quão deletério seria me separar dele e o mal que eu faria a mim mesma ao deixar Nampula sem vê-lo novamente. Pelo contrário, eu estava convencida de que, ao estabelecer uma distância física de dez mil quilômetros, os sentimentos se apagariam no tempo e no espaço. Todavia, uma vez na Itália, me dei conta de que ter deixado Moçambique havia sido um erro enorme do qual me arrependi amargamente pelo resto da minha vida. Eu sentia uma falta insuportável de Alcino, nem ligar para ele obsessivamente dez vezes por dia ajudava. Sofria por estar longe dele como jamais teria imaginado, e pouco a pouco caí num estado de desânimo e profunda tristeza.

8.

Emily: uma solução para tudo

— O mestrado em gestão de serviços de saúde é superlegal.
— Sério?
— Sim, especialmente para aqueles que trabalham em cooperação como nós. Na universidade nos formam como médicos que diagnosticam e tratam doenças, não como gestores; nesse curso você aprende a elaborar projetos, gerenciá-los, monitorá-los; aprende a organizar e administrar sistemas de saúde, a raciocinar com base em objetivos, resultados, eficiência, custo-benefício, otimização dos recursos humanos e financeiros.

Giovanni Gazzoli me contava com entusiasmo enquanto comia um sanduíche de queijo e salame tirado do forno e bebia uma cerveja.

— É um curso internacional, promovido pelo Istituto Superiore di Sanità, em inglês, gratuito para os italianos envolvidos na cooperação. Você tem que fazer, não irá se arrepender, acredite em mim.

Eu pensava e repensava sobre a conversa com Giovanni, um médico da AIFO que havia ido a Nampula para ficar dois meses: eu o havia hospedado em minha casa, para que escrevesse sua tese de fim de curso. Ele havia trabalhado por vários anos no Brasil, na erradicação da hanseníase e, do Brasil, possuía a jovialidade e a alegria. Tinha sempre um cheiro de limpo e não era por acaso, porque invariavelmente todos os dias tomava um banho ao voltar para casa, antes de se mergulhar nas artes culinárias; adorava comer bem e, não sei como, tinha conseguido encontrar em Nampula uma loja que vendia salames e queijos italianos; preparava uma quantidade tão grande de comida no forno que eu ficava empanturrada só de olhar. Alto, robusto, careca, de olhos azuis risonhos, estava sempre de bom humor, o lendário Giovanni, de quem logo passei a gostar. Depois de alguns dias em Nampula, ele costumava zombar de mim porque à noite eu ia dormir cedo.

— Comigo você vai aprender a sair, viver à noite, não existe isso de ir para cama às nove da noite! Você verá como dentro de algumas semanas se tornará uma pessoa noturna também.

Mas depois de um mês, foi ele que se acostumou aos meus ritmos e, como eu, também acabou indo cedo para a cama. O único desvio que ele conseguiu me transmitir foi beber à noite, entre uma conversa e outra, quantidades consideráveis de cerveja. Em mais de uma ocasião nos embebedamos e ele, como um bom amigo, me colocou na cama depois de ter ouvido minhas *novelas* amorosas com Alcino.

***

Quando voltei de Moçambique, estava sofrendo de uma dupla perda: meu pai e o fim do meu relacionamento com Alcino. Tinham passado poucos dias desde o enterro de papai e em Gravina eu me sentia um peixe fora d'agua, sem saber o que fazer naquele momento da minha vida. Não estava pronta para embarcar em um novo projeto na África, seriam necessárias forças e energias que não tinha naquele momento. Numa tentativa de preencher o vazio que eu carregava dentro de mim, passava horas ao telefone com Alcino, procurando o consolo de um amor perdido.

Optei pelo mestrado, que era talvez a escolha mais apropriada na época: durante um ano só deveria estudar, já que era um curso em tempo integral; eu tinha economizado para poder sobreviver sem trabalhar por um tempo. Me inscrevi no curso de mestrado e me mudei para Roma, aluguei um pequeno apartamento de dois quartos em Rebibbia, um lugar agradável e luminoso. Éramos cerca de vinte pessoas no curso, quase todos estrangeiros, e em poucas semanas estávamos bem unidos. A mesma metodologia de estudo favorecia a integração, tínhamos que trabalhar em grupos, compartilhar materiais de estudo, encontrar soluções juntos para as questões de estudo, circunstâncias que contribuíram para a construção de amizades importantes e significativas. Alguns amores nasceram entre os colegas, inventavam ocasiões para estarmos juntos, aniversários, carnavais, festas com bebidas alcoólicas, em que nos divertíamos como adolescentes, elementos que eram positivos para mim, porque, no fundo da minha alma, estava dilacerada pela desesperada carência de Alcino.

O mestrado ocupava todo meu tempo e me dava alguns problemas em relação à Emily que, aos cinco anos, começava a escola primária. O que eu tinha economizado limitava minha vida em Roma e eu tentava poupar dinheiro o máximo para poder chegar ao final do ano sem dívidas (embora não conseguisse). Muitas vezes, eu era obrigada a dizer vários "nãos" à minha filha, que os aceitava sem muita reclamação.

Era um dia quente e no caminho de volta para casa, passamos por uma pizzaria e paramos para comprar um pedaço de pizza margherita.

— Quando eu crescer quero vender pizza! Quero fazer pizza, quero ser pizzaiola, se diz assim? — perguntou Emily ao sair da pizzaria.

Vestia um vestidinho vermelho e os cabelos estavam penteados com dois rabinhos de cavalo. Eu segurava sua mão, feliz por ter uma garotinha tão doce e engraçada.

— Você poderá fazer o que quiser, mas será importante estudar: quem estuda aprende a abrir a mente, a ser mais respeitoso, educado, desenvolve mais inteligência, além de ganhar mais dinheiro do que aqueles que fazem trabalhos manuais.

— Então por que você estuda tanto e não ganha nada?

Olhei para ela e sorri: não tinha nem um metro de altura, mas raciocinava com uma lógica que lhe dava razão. Esperava uma explicação e eu tinha vontade de rir.

— É um investimento para o futuro, um dia eu vou ganhar, você vai ver.

Emily procurava sempre uma solução para os meus problemas, como se fosse um pequeno adulto. A África lhe havia ensinado a se defender, a ser autossuficiente como as crianças locais. E eu havia aprendido com as mães africanas a tomar conta dela sem viciá-la, tentando torná-la autônoma nas pequenas tarefas que ela aprendia indo além do que eu lhe ensinava.

Ela tinha apenas quatro anos quando, após um bom banho, no momento em que saiu da banheira, a campainha tocou. Era o técnico que ia consertar o computador.

— Amor, espere alguns segundos, volto já.

Corri para abrir a porta. Eu a havia deixado na cadeira do banheiro enrolada na toalha com água pingando e os cabelos completamente molhados. O técnico levou muito tempo para consertar o computador. Quando voltei ao banheiro ela já havia se secado, se vestido e penteado o cabelo, sozinha, e estava prestes a secá-lo com um secador. Descobri que tinha uma pequena mulher como filha, uma menina que aprendia rápido e crescia de forma equilibrada. No entanto, Emily tinha um defeito que me irritava: quando se despia para tomar banho, deixava as roupas no chão, um hábito constate era deixar a calcinha lá, nunca a colocava no cesto da roupa suja. Continuava repreendendo-a, mas ela não aprendia; cansada de repetir sempre a mesma coisa, comecei a puxar-lhe as orelhas e a levá-la até o banheiro para que recolhesse a roupa, mas nem mesmo o puxão de orelhas funcionava, pelo contrário, com o tempo, assim que se dava conta do meu tom de reprovação, levava automaticamente as mãos para as orelhas para se proteger antes que eu chegasse até ela. Colocar a calcinha no cesto de roupa suja era uma coisa que não entrava em sua cabeça. Parou quando já tinha nove anos, depois de um dia, estando eu nervosa por outros motivos, bati nela duramente, exausta de repetir sempre a mesma coisa: Emily tinha uma solução para tudo, mas não para colocar a calcinha no lugar certo.

— Não temos dinheiro, amorzinho — tinha-lhe dito um dia, negando-lhe a mochila da Barbie que tanto queria porque todas as suas colegas de escola tinham igual.

— Vamos tirar da máquina! — respondeu, lembrando-se dos meus saques de dinheiro no caixa eletrônico.

Sua forma ingênua, mas racional, de propor soluções me fazia sorrir. Eu nunca havia escondido nada dela, havia explicado nossa situação econômica em Roma, assim como as circunstâncias de seu nascimento e o motivo pelo qual eu e seu pai não estávamos juntos. Emily crescia com minhas verdades, com os meus problemas emocionais e amadurecia precocemente, o que poderia ser bom e por outro lado ruim.

— Você não deve telefonar para ele! — disse para mim uma tarde ao me ver chorando depois de uma briga telefônica com Alcino. Sugeria suas simples soluções também para minhas tragédias sentimentais.

Emily frequentava uma escola primaria perto de casa, uma vizinha ia buscá-la na saída, mas algumas vezes eu tentava ir. Um dia, em uma aula de estatística, que em inglês era ainda mais complicada, eu estava tão concentrada que esqueci de pegá-la na escola. Tomei um susto quando olhei para o relógio e vi que já eram oito horas da noite.

— Meu Deus, Emily ainda está na escola! — comentei com uma colega sentada ao meu lado e me levantei rapidamente.

Corri para pegar o metrô e depois fui a pé até a escola, onde ela me esperava desde às cinco da tarde, de cara fechada e muito zangada. Pedi desculpas e tentei me fazer perdoar com abraços e beijos e a levei ao ISS, pois a aula de estatística ainda não havia terminado. Ela se tornou a mascote do grupo e se esqueceu do incidente.

O mestrado e Emily preenchiam meu dia a dia, no entanto, dentro de mim ainda vivia o inferno amoroso por Alcino. À noite, depois de colocar a menina para dormir, como num ritual fúnebre, ia para debaixo do chuveiro e, enquanto a água quente escorria, me envolvendo como um abraço acolhedor, me sentava no chão do chuveiro e chorava rios e rios de lágrimas, me torturando por aquele amor que havia perdido e que ainda estava intacto em nossos corações. Eu lastimava amargamente ter deixado Moçambique: pelo menos quando estava lá nos encontrávamos, e o tempo que se passava entre um encontro e outro era somente de algumas semanas. Eu sentia uma falta terrível de Alcino e a dor era maior do que podia suportar.

Comecei a me consumir sem me dar contar.

No fim do mestrado, me deram a oportunidade de trabalhar em Roma, no ISS, mas também tive a possibilidade de voltar para Moçambique, o que era bastante tentador. Liguei para o Alcino a fim de descobrir o que restava de nós, além do meu sofrimento pelo nosso amor e pelo apego à ideia do que ele representava para mim.

— E se eu voltasse?

— Seria maravilhoso, seria incrível poder te rever e te abraçar.

— Voltarei só se as coisas mudarem, se eu puder estar sempre contigo.

Eu precisava de um amor verdadeiro e completo, não pela metade. Minhas palavras foram seguidas por alguns momentos de silencio.

— Você não pode me chantagear, volta e veremos.

Todavia, eu sentia ou temia que voltando nada mudaria, voltaria a me desgastar de ciúmes como quando estava em Nampula. Decidi então recusar a proposta para Moçambique, enquanto me afogava em lágrimas e na incapacidade de superar nossa história.

***

Tendo excluído Moçambique e Roma, tentei buscar um trabalho enviando meu currículo para organizações humanitárias nacionais e internacionais, como de costume, adicionando o título do mestrado, que melhorava muito meu perfil profissional. Para minha surpresa, fui convidada para participar de um processo de seleção na Bélgica pela Damien Foundation, uma ONG empenhada, como a AIFO, na luta contra a hanseníase. Fui a Bruxelas duas vezes, passei por uma série de intermináveis e complexas entrevistas, avaliações, testes psicológicos e vocacionais, tudo em inglês. Não sei como, mas passei nas fases finais do processo seletivo, que havia sido um pesadelo: vários testes, quatro horas em frente ao computador respondendo às perguntas de matemática, de geometria e psicológicas que testavam minha capacidade de lidar com o estresse. Apesar de tudo, consegui passar, e minha nova destinação era o legendário Brasil, terra do samba, de cores e da alegria.

9.

A névoa no coração

A seleção brasileira de futebol havia vencido a Copa do Mundo de 2002 e, quando chegamos a Brasília, a cidade estava lotada de pessoas nas ruas comemorando a conquista da quarta Copa do Mundo. Bandeiras, buzinas, gritaria, uma felicidade doida que penetrava na nossa pele e deixava a mim e a Emily fascinadas pelo espetáculo. "Nada mal começar assim", pensei. Eu tinha vivido a Copa do Mundo de 1982 da mesma forma, quando a Itália venceu, sabia exatamente o que isso significava: eu sempre fui apaixonada por futebol.

A secretária da Damien Foundation nos pegou no aeroporto e nos levou ao hotel em que ficamos por alguns dias, até encontrar uma casa na cidade de Goiânia, capital do estado de Goiás, uma área central do Brasil conhecida por ter as mulheres mais bonitas de todo o país.

Também no Brasil, como em Moçambique, os objetivos do meu trabalho consistiam em contribuir para a redução dos casos de hanseníase e tuberculose, doenças com alta incidência no maior país da América Latina, com uma população de cerca de duzentos milhões de pessoas, era o segundo em termos de casos de hanseníase depois da Índia.

Os estados brasileiros eram imensos, cada um deles tão extensos quanto ou mesmo maiores do que uma nação europeia. Eu deveria me deslocar entre Goiânia e Brasília, a capital do país e o coração da política, inclusive a da saúde, sede dos vários ministérios e das grandes decisões estratégicas.

As equipes de trabalho em Goiânia e Brasília me acolheram com muito carinho e logo me ambientei bem em ambas. Os brasileiros são pessoas alegres, super alto-astral que te acolhem de braços abertos e te fazem sentir logo em casa, como se fosse um deles, parte de uma grande família à qual você sempre pertenceu. Era mágico esse "jeito de ser brasileiro" ao qual eu logo me apaixonei.

— Eu deveria ter nascido no Brasil — dizia sempre aos meus amigos, porque, lá no fundo da minha alma, eu me sentia brasileira.

O contexto do trabalho e de vida era diferente do africano, o nível do pessoal da saúde era mais alto; os agentes comunitários eram formados pelo governo e pagos com salário, regularmente. Também no Brasil o desafio era formar pessoal médico e de enfermagem, que nem sempre era preparado para reconhecer a hanseníase e a tuberculose. Para uma formação em larga escala, desenvolvemos uma produtiva colaboração com a Universidade Federal de Goiás.

Eu viajava pelas cidadezinhas principais do estado, compostas por casinhas de tijolos, baixas, de cores claras com letreiros de lojas tipicamente pintados à mão, estradas impraticáveis, esburacadas e raramente asfaltadas. Não dispunham de hotéis, mas de pequenas pensões, casinhas que eram usadas como alojamento, sempre limpas, o que eram mais que suficientes para mim e meus colegas. Quando viajávamos para monitorar o andamento do programa de tuberculose (em Goiás a AIFO era responsável pela hanseníase), depois do trabalho, nos reuníamos em um pequeno barzinho ao ar livre, já que fazia muito calor, para jantar e degustar uma caipirinha, da qual gostei de imediato. As conversas entre colegas eram leves, divertidas e ambíguas e acabavam quase sempre em risadas, enquanto a música que nunca faltava era um convite para dançar como parte da merecida diversão após o trabalho. No estado de Goiás se dançava o típico forró, a dança a dois brasileira mais famosa, cujo nome deriva da etimologia popular inglesa "for all", ou seja, "para todos", uma frase de convite à dança usada nas festas dos imigrantes ingleses e norte-americanos. Trata-se de uma dança sensual, apesar de ritmada e tocada por instrumentos como sanfona, zabumba e triângulo, às vezes junto ao cavaquinho ou a tambores. Caipirinhas e forró costumavam fechar nossos dias de trabalho. Parte da essência brasileira, a música sempre estava presente em todos os locais, mesmo os mais pobres e distantes, atraindo casais que a dançavam; eu os admirava fascinada enquanto se moviam com harmonia sedutora.

— Ei, Vincenza, vem forrosear com a gente!

— Não sei dançar, não conheço os passos e tenho vergonha.

— Vem se divertir, não se preocupe com os passos! Escute a música, feche os olhos, siga-a com o coração e se mexa. Assim: laia, laia, laia, laia.

— Você está vendo aquela menina ali no fundo? Até tirou o salto para dançar melhor. Tá vendo que ninguém tem problema algum? Vamos!

Uma vez superado o desconforto inicial, comecei a viver a dança com naturalidade e parte da minha vida; descobri que gostava de dançar e adorava aquelas músicas alegres e envolventes. Decidi me inscrever em curso de dança e aprendi a dançar forró, entre outros ritmos latino-americanos, tais como o samba, bolero e axé. Essa nova diversão me distraía da obsessão pelo Alcino e transformava a energia em movimento. No domingo, eu ia no Chopp Dez, um clube no qual uma banda tocava forró e eu encontrava meus amigos da escola de dança e mesmo os professores: dançávamos as danças ensaiadas durante a semana e a diversão era garantida; havia pessoas de todas as idades sentadas nas mesas, tomando coquetéis e levantando-se de vez em quando para dançar.

No trabalho eu tinha criado uma esfera de amizades importantes: Anna e Aline, colegas na luta contra a tuberculose, com quem aprendi sobre as dificuldades da assistência sanitária brasileira; Auxiliadora, pneumologista e professora universitária, pessoa fundamental para a formação dos profissionais médicos e para os estudos científicos publicados *a posteriori*; Marisol, uma "imperturbável formiguinha" na organização do programa de tuberculose no município de Anápolis, entre outras. Todas essas mulheres tinham uma profunda dedicação na luta contra a tuberculose e se tornaram meus motores; eu me sentia bem com elas e a ligação que tínhamos alcançado me permitia viver o trabalho como minha linfa vital ou minha droga. Preenchia os dias com inúmeras atividades, reuniões, preparação de materiais educativos e informativos, relatórios e muito mais, para não me deixar abater pela lembrança de Alcino, um câncer silencioso e devastador da minha mente, uma força escura e maligna que me arrastava para o fundo, mesmo quando tentava ignorá-lo. Às vezes, pensar nele me envolvia profundamente, impedindo que eu me movesse para ir às supervisões ou cuidar da Emily. Aquela vaga sensação de depressão de humor que se tinha manifestado de forma leve durante o ano de mestrado em Roma, estava se transformando em algo patológico, difícil de superar. Quando terminava de trabalhar e voltava para casa, deixando o frenesi do cotidiano lá fora, afundava na angústia e na dor, enquanto meu estômago se contorcia; as náuseas me impediam de comer e, como uma anoréxica, me limitava a beliscar algo de vez em quando. Cheguei a pesar quarenta e oito quilos, quando no passado eu tinha até superado os sessenta. Passava dias inteiros na cama, encolhida em mim mesma feito uma larva, incapaz de fazer qualquer coisa. Auxiliadora, a quem tinha contado tudo sobre Alcino, se preocupava comigo e me ajudava a tomar conta da Emily, levando-a consigo para casa ou acompanhando-a e para a casa dos amiguinhos da escola, para evitar que ela me visse naquelas condições. Auxiliadora tentava estar perto de mim, me tirando da cama e me levando para fora de casa para me distrair. Escrevia poemas para mim, que expressavam uma compreensão empática em relação aos meus sentimentos, enquanto eu, perdida no meu mal-estar emocional e psicológico, alternava entre um estado vegetativo e dias de atividades desenfreadas. Depois de dias de paralisia mental e física, me levantava e colocava o trabalho em dia, escrevia relatórios, coletava e analisava dados, organizava as contas dos orçamentos e voltava a viajar. Havia os objetivos de projeto a serem alcançados e eu era livre para administrar meu tempo como quisesse, assim que não importava se, após dias inteiros em estado catatônico, retomasse as atividades do projeto trabalhando das quatro da manhã até as nove da noite. Diante do meu equilíbrio mental precário, Auxiliadora me convenceu a procurar a ajuda de um psiquiatra, o que sozinha eu não teria feito.

***

— Oi, Rino! — cumprimentei com alegria meu irmão, que me ligou inesperadamente no meio de um domingo de verão muito quente, enquanto eu estava com Emily no supermercado para as compras da semana. Era dia 7 de dezembro de 2003.

— Vincenza. Graziella faleceu. Um acidente.

Fiquei paralisada, sentindo a terra me engolir num turbilhão. Tive apenas tempo de buscar Emily, que estava na seção de brinquedos, deixei o carrinho de compras cheio e já próxima do meu carro, perdi os sentidos em meio a lágrimas e ao horror provocado pela notícia. Graziella. Graziella faleceu. Um acidente. Eu não conseguia acreditar, não podia ser verdade, Graziella nem dirigia porque tinha medo, minha irmã tinha medo de tudo, dos cães, dos gatos, do escuro, de dirigir. Ela não podia ter morrido em um acidente de carro. Recobrei a consciência, entre lágrimas que tomavam conta de mim; ao meu redor havia várias pessoas, Emily, assustada, me chamava "Mamãe, mamãe". Ela estava trêmula e eu não sabia como protegê-la da dor que, como um soco no estômago, tinha me atingido de repente. Não sei como encontrei força para ligar para minha secretária e pedir para reservar um voo para a Itália. Depois liguei para o Nicolás.

— Vou mandar Emily aí, tenho que ir à Itália para o enterro da minha irmã.

O enterro de Graziella, que palavras absurdas saíam da minha boca? Apenas uma semana antes, em 30 de novembro, eu havia falado com ela, era o dia de seu aniversário de 39 anos.

— Mas quanto você gasta me ligando?

Tinha se preocupado com o longo tempo da nossa conversa.

— Não se preocupe, sou eu que pago — a tranquilizei. Jamais teria imaginado que aquela seria a última vez em que nos falaríamos.

Auxiliadora cuidou da Emily e da sua viagem à Guatemala, enquanto eu tentava manter um mínimo de calma para lidar com uma viagem organizada de última hora e que acabou sendo um pesadelo pelas conexões que não conseguia encontrar, obrigando-me a ficar presa por horas e horas em São Paulo, argumentando e implorando, e depois em Milão, onde os voos para Bari estavam todos lotados. Vinte horas de voo, tempo de espera e conexões não me ajudaram a digerir as notícias que eu não conseguia aceitar. Graziella, a pessoa da minha família a quem eu era mais próxima, aquela que eu mais amava, a mulher mais generosa do mundo, que sempre me dava dinheiro quando eu estava na faculdade, embora tivesse muito pouco para ela mesma. A irmã que tinha ficado perto de mim durante a gravidez, a única que veio me ver em Siena desafiando a raiva e a contraposição do marido.

"Graziella, Graziella, acorda, por favor", eu implorava na frente de seu caixão, sacudindo-o e esperando que nada daquilo fosse verdade, nem mesmo com o sinal de luto na frente do portão, com as numerosas flores e com as pessoas que lotavam a casa. Já era um período em que eu estava em plena depressão, era uma dor muito grande para se suportar e para a qual eu não tinha a força física e psicológica, por isso desmaiei várias vezes, por último, durante as celebrações do funeral na igreja. Não conseguia recuperar os sentidos; apesar do clima frio de dezembro na Itália, alguém jogou água gelada no meu rosto: senti o frio, como eu tinha na alma, mas não me ajudou a acordar. Uma ambulância me levou ao hospital, onde contei que estava tomando antidepressivos. Foi nesse momento que meu irmão Rino descobriu que, para além da força que eu sempre parecia ter, eu era uma pessoa frágil, arrasada por algo que tentava controlar pelo uso de medicamentos. Ele ficou surpreso e chocado, e desde então assumiu uma atitude muito protetiva em relação a mim.

A perda de Graziella abalou imensamente minha mãe, que jamais se recuperou e nos deixou devastados, nos roubou a pessoa mais bondosa e amável da família. Ela deixou três filhos, o menor, Francesco, tinha apenas três anos. Sua morte me causou uma imensa dor, mas, ao memo tempo fez nascer o afeto protetor de meu irmão mais velho, que nunca deixou de me procurar, tornando-se o ponto de referência familiar com o qual eu sempre pude contar.

***

Havia se passado um ano desde a morte de minha irmã e do meu retorno à Goiânia, quando foi realizado um congresso internacional sobre a lepra na Bahia. Fui a Salvador, terra natal do grande escritor Jorge Amado, cujos livros haviam alimentado minha imaginação sobre aquela cidade antes mesmo de saber que iria para lá. Salvador era azul, o céu claro e o mar calmo se encontravam e se fundiam no horizonte por mais de sessenta quilômetros de costa; quente e temperada pela brisa do mar, essa cidade me abraçou assim que deixei minhas malas no hotel e saí ao ar livre. A população, em sua maioria negra ou mulata, barulhenta, alegre, emanava uma energia positiva palpável no ar: era a cidade de que precisava para me recuperar e naquele instante eu decidi levar a Damien Foundation para o estado da Bahia e me mudaria para Salvador.

Quanto à minha situação com Alcino, depois que nossas conversas se tornaram desgastantes, paramos de nos falar, embora eu continuasse pensando nele. Após várias averiguações à distância, eu havia descoberto que ele viria ao Brasil para o congresso (como eu esperava que acontecesse), bem como o hotel onde se hospedaria, a hora da sua chegada e com quem viria. Sherlock Holmes não teria feito melhor. Por muitos dias eu estive nervosa e ansiosa, a ideia de vê-lo novamente me fazia feliz: tinha parado de falar com ele, mas não de amá-lo. Fui procurá-lo no hotel na noite anterior à conferência, me informaram na recepção que ele havia chegado, mas que havia saído logo depois. Sentei-me na mureta que separava a rua do mar e esperei por ele, uma hora, duas horas, três. Embora eu estivesse de frente para a entrada, de vez em quando entrava para perguntar se ele tinha voltado, temendo que ele pudesse passar por uma entrada alternativa. Era meia-noite quando, na enésima tentativa na recepção, já não me suportando mais, começaram a olhar com desconfiança como se eu fosse uma espiã.

— O doutor Alcino chegou?

— Sim, senhora, ele chegou há cerca de dez minutos, já está em seu quarto.

Como foi possível não o ver? Eu tinha vigiado a porta da entrada o tempo todo e, apesar disso, tinha perdido o momento em que entrou, talvez tivesse entrado pela garagem ou quem sabe por onde, só eu teria sido capaz de não o ver. Implorei ao recepcionista para não me anunciar:

— Por favor, eu quero fazer-lhe uma surpresa!

Ele franziu a testa desconfiado, mas diante dos meus olhos suplicantes concordou em não me anunciar, enternecido também pela minha longa e imperturbável espera. Subi ao primeiro andar enquanto meu coração batia a duzentos por minuto.

Bati à porta. Esperei alguns segundos, que me pareceram intermináveis. Ele abriu a porta, surpreendido em me ver, tendo perdido qualquer vestígio meu durante meses. Um grande sorriso iluminou seu rosto e minhas pernas tremiam.

— Vivi! Não acredito!

Me chamava de Vivi em vez de Vincenza. Nos abraçamos e nos beijamos como nos velhos tempos, como se nada tivesse acontecido nesse meio tempo. Ele me disse que tinha me tornado mais bonita, que parecia uma menina, que tinha encolhido e perdido peso. Eu tinha tentado me arrumar o melhor que podia, tinha me maquiado, ajeitado o cabelo e vestido uma calça preta e um lindo top preto com bolinhas brancas. No início, ficamos um pouco embaraçados, não sabíamos o que dizer e como nos comportar, depois prevaleceu aquilo que por anos nos havia unido indissoluvelmente e nos fez apaixonar. Fizemos amor com toda a paixão e o desespero de ter estado separados por mais de dois anos, e entre seus braços reencontrei meu lar perdido, voltei à vida após meses e meses de escuridão em meu coração. Alcino se transferiu para meu hotel, que era também a sede do congresso, além de ser um lindíssimo hotel de cinco estrelas, luxuoso e confortável. O meu quarto, no décimo segundo andar, tinha vista para o mar da baía de Salvador, lindo de se ver e de respirar, mesmo à noite quando a luz da lua refletia na água. Passávamos o dia no congresso, escolhendo as mesmas conferências para estar perto um do outro, depois jantávamos com os outros e voltávamos ao nosso quarto como um casal de verdade, eu me sentia feliz porque Alcino era tudo o que eu sonhava e pelo qual eu havia sofrido horrores nos últimos tempos.

Uma noite, cansada, voltei para o quarto quando as apresentações ainda não tinham terminado. Depois do banho, comecei a assistir à televisão enquanto o esperava voltar. Mas ele não veio. Esperei, esperei, por horas e horas; os minutos nunca passavam. Tentei procurá-lo em seu hotel, mas também não estava lá. Entrei em pânico, me perguntando aonde ele havia ido, porque não tinha me avisado, porque tinha desaparecido do nada sem uma palavra. Voltei ao meu quarto convencido, a cada minuto que passava, que ele chegaria logo e a cada meia hora eu telefonava para seu hotel perguntando se ele estava de volta. Deu meia--noite, depois uma hora, duas horas, três da manhã. A decepção tomou conta de mim reabrindo uma velha ferida. Comecei a chorar, por que ele me tratava assim? Tínhamos estado juntos até de manhã, tínhamos nos visto durante o congresso, tínhamos almoçado juntos, o que tinha acontecido? Por que não disse que não se encontraria comigo? Um milhão de perguntas e nenhuma resposta, a dor por nossa história estar sempre pela metade reemergia partindo meu coração e despedaçando minha alma em mil pedaços que eu jamais conseguiria encaixar novamente.

A janela do quarto estava aberta e eu ouvia as ondas do mar batendo violentamente contra as rochas, as cortinas finas da varanda se moviam sinuosamente a cada rajada de vento. Atravessei-as lentamente, deixando que seu tecido sedoso me acariciasse, e saí para a varanda, enquanto as lágrimas caíam embaçando minha visão. A noite era iluminada por uma lua redonda e branca, que tornava apocalípticas as ondas que se chocavam contra as rochas com um ruído assustador, ou talvez representasse meu estado de ânimo. O mar pelo qual eu tinha me apaixonado poderia ser o meu berço. Eu não queria mais sofrer, não sabia viver sem Alcino e estava cansada de torturar meu corpo e minha alma. Eu preferia morrer. Olhava para as ondas hipnotizada, as rochas eram gigantes, poderia me jogar para baixo, colidir com as rochas para depois me juntar ao mar em um último abraço violento. O mar da Bahia poderia ser o berço perfeito para quebrar meu sofrimento sem fim. Continuei paralisada na varanda, olhando para o luar refletido sobre as ondas. Apenas um salto e depois mais nada. A escuridão. Seria o fim para mim, para Alcino e todo o tormento que eu sentia.

A coragem de pular.

Mas era difícil encontrar essa coragem.

Pensei em Emily, o que seria dela? Ela era apenas uma criança e não tinha outros pontos de referência além de mim, que drama teria sido se ela tivesse perdido sua mãe, a quem amava tanto? E eu, como poderia fazer isso com ela? Como poderia abandoná-la? Com quem ela ficaria? Com a família de seu pai, que ela nem conhecia? Com minha própria família, que a tinha renegado poucos anos antes e que ainda tinha vergonha de nós porque não tínhamos nos preservado com um casamento reparador? O barulho do mar sussurrava seu nome, me fazia lembrar seu olhar, seu sorriso, sua doçura, seus cabelos loiros, seus rabinhos de cavalo, sua graça, me falava de seu futuro. "Mamãe, mamãe", aquele som doce da sua voz inocente. Foi seu hipotético desnorteamento, que naquele momento era o meu, que me segurou, os olhos e a mente ainda embaçados pelas lágrimas. Foi o sentido maternal que me fez soltar as mãos do parapeito da varanda, caminhar para dentro do quarto e cair em um sono profundo. Alcino voltou às sete horas da manhã, disse que foi visitar um amigo, que não havia pensado em me avisar nem que eu faria disso um drama. Sua naturalidade me chocou, o que eu era ou tinha sido para ele até o dia anterior? Que insensibilidade era essa?

— Pegue suas coisas e vá embora, desapareça da minha vida, não quero mais te ver.

Ele não ousou argumentar ou se justificar, recolheu suas coisas e sem uma palavra fechou a porta atrás dele. Naquele dia não participei de nenhuma conferência, fiquei trancada em meu quarto, na cama, incapaz de pensar em nada. Abrindo uma gaveta, notei que ele havia deixado uma camisa preta, a segurei entre as mãos respirando seu cheiro. Apesar de tudo, eu havia sentido sua falta o dia todo e de repente o havia perdoado por tudo. Me parecia absurdo saber que ele estava em Salvador e não estar com ele então, tarde da noite como uma imbecil, peguei a camisa e a levei para o hotel dele.

— Você deixou isto — eu disse quando ele abriu a porta.

Que desculpa idiota! E ele sabia. Me recebeu de volta em seus braços e não nos deixamos nem por um segundo até ele partir. Depois que Alcino foi embora, voltei para Goiânia mais exausta que nunca, mas determinada a ter a minha vida de volta em minhas mãos. Já que eu não tinha sido capaz de dar fim a tudo, então tinha que encontrar forças para sair da tragédia existencial que eu mesma sozinha tinha criado e vivido, pois Alcino tinha sua própria vida, à qual eu não pertencia. Não mais. Ou talvez, nunca tivesse pertencido.

Consegui levar a Damien Foundation para o estado da Bahia depois de um ano, ali começou um novo capítulo da minha vida brasileira.

Lembrei dos personagens dos livros de Jorge Amado, *Dona Flor e seus dois maridos* e *Teresa Batista cansada de guerra*, dois romances ambientados na Bahia, cujas personagens foram minhas heroínas, quando eu ainda nem imaginava que Salvador se tornaria parte do meu destino.

Sentia dentro de mim aquela terra mágica, com seus valores ancestrais, onde a sacralidade ainda tinha sentido e as relações humanas ainda eram tais que me devolveriam a vida. Coração da humanidade, entre pitoresco e poético, religião e magia, a Bahia logo se revelaria para mim como um universo à parte, um lugar privilegiado, de todos os mistérios e os milagres do Senhor do Bonfim. "Vá com Deus!", a saudação mais frequente, uma benção que se concedia após um encontro. Um Deus independente de qualquer crença religião. Aprendi que a Bahia era o berço do Candomblé, religião de matriz africana que consistia no culto aos Orixás, espíritos, emanações do único Deus, Olorum, que transmitiam aos humanos axé, ou seja, a energia universal presente em todas as coisas e em todos os seres vivos. Os Orixás eram associados a certas cores, atividades humanas, tipos de alimentos, ervas medicinais, perfumes e flores. O Candomblé tinha chegado no Brasil da África trazido pelos africanos deportados como escravizados e significava "dança dos negros". Eu nunca o compreendi completamente, mas o sentia na essência do povo, em seu calor humano, em seu amor sincero pelo outro, sempre chamado de irmão, e na música sempre presente no ar, como o oxigênio. Música e dança fundidas, misturadas em um único ritmo de corpo e alma. Isso também se aplica à capoeira, uma luta coreografada como uma dança, embora seja uma arte marcial marcada por ritmos musicais e, portanto, uma mistura de luta, acrobacias, cantos e música originária do período da escravidão, da colonização portuguesa. Os escravizados africanos treinavam em combates utilizando técnicas de defesa e ataque, chutando, agarrando, esquivando-se, disfarçavam a luta com elementos de dança para não levantar suspeitas dos colonizadores. "A música é a arte de dar ritmo aos sonhos. A arte de fazer qualquer ser humano feliz." cantava Alcione, e era essa a alma do coração dos baianos.

A Bahia logo se tornou meu berço, onde quer que eu fosse eu me sentia sempre em casa, acolhida, respeitada e amada. Ser chamada de "meu bem" ou "meu amor" me fazia sentir parte de um todo, me compensando de anos e anos de solidão. As relações com os colegas de trabalho eram uma forma de irmandade eterna que ia muito além da amizade. Conversávamos e nos confidenciávamos na frente de um copo de cerveja ou caipirinha quando, depois do trabalho, íamos para algum barzinho à beira-mar e acabávamos por nos despojar de qualquer estruturação mental e desnudávamos nossas almas. Falar de coração aberto, compartilhar a própria essência era natural e espontâneo, e nisso éramos todas iguais, cada uma com suas fragilidades, seus desejos e suas desventuras sobre as quais ríamos e brincávamos. Nós nos queríamos bem e éramos felizes. Com o tempo, todas essas pessoas encarnariam para mim o conceito intraduzível de saudade do Brasil.

10.

Naggalama, Caccalama

Tinham se passado quatro anos desde minha chegada ao Brasil. Eu adorava as paisagens, as pessoas, os colegas, as viagens no interior de Goiás e da Bahia, mas o trabalho estava se tornando repetitivo: as estratégias de intervenção, os protocolos, os modelos formativos eram sempre os mesmos, tratava-se apenas de implementá-los e fazê-los funcionar. Depois de seis anos lidando com lepra e tuberculose, primeiro em Moçambique e depois no Brasil, eu estava começando a perder minha garra habitual, tinha a sensação de que meu crescimento profissional havia se estagnado devido à rotina das atividades. No segundo congresso internacional sobre a tuberculose realizado em Paris, percebi que, como se repetia há anos, tudo o que era necessário para controlar a tuberculose era a identificação precoce dos casos, a supervisão do tratamento e a realização de teste nos contatos dos pacientes, seguindo as indicações estratégicas da OMS. Considerei seis anos tempo suficiente para o mesmo tipo de trabalho, portanto, no final do ano, finalizei meu contrato com a Damien e retornei à África, dessa vez para Uganda.

***

Foi uma viagem bem longa até Kampala, onde minha filha e eu desembarcamos à noite. O hall do aeroporto era sombrio, despojado, esquálido, as poucas pequenas lojas estavam fechadas, havia somente homens sentados sem fazer nada, conversando ou esperando por passageiros.

— Táxi? Táxi? — nos perguntavam a cada passo.

Depois de quatro anos num Brasil alegre e ensolarado, o aeroporto de Entebbe nos causou uma péssima impressão. Esperamos várias horas porque o motorista do CUAMM tinha ido buscar alguns colaboradores que haviam chegado no mesmo voo mas tinha se esquecido de nós. "Começamos bem!", pensei.

— Mãe, por favor, vamos voltar para o Brasil, vamos para casa — repetia Emily, assustada pelo cenário, hostil e quase ameaçador. Para ela, o Brasil era sua casa, embora tivesse passado toda a sua infância na África. Eu também estava bastante perturbada com aquele aeroporto lúgubre e me perguntei se não tinha feito a coisa errada indo embora de Salvador. Ouvi Emily choramingar.

Nosso destino era Naggalama, uma aldeia com algumas cabanas espalhadas, ao longo da estrada que levava a Jinja, coração da nascente do rio Nilo, a nordeste de Kampala. Naggalama, perdida no meio da selva ugandesa, era tão pequena que naqueles anos não se encontrava nem no Google Maps, anônima, desprovida de tudo, ostentava uma grande igreja, um hospital, uma escola e o escritório do CUAMM. Servia de mercado uma barraca na qual ocasionalmente vendiam-se frutas e alguns tomates. Emily e eu a chamamos de Merdalama, mas como soava vulgar, achamos um nome mais ao alcance das crianças, que era Caccalama. Chovia o tempo todo, o que tornava a vegetação exuberante, o clima úmido e as estradas lamacentas. Até para ir ao hospital ou à escola, ambos pouco distantes da casa, era preciso usar botas de chuva. No início, ficamos numa casa provisória, com uma pequena cozinha sem fogão e um quarto com duas camas desconfortáveis dotadas de mosquiteiros e nenhum outro móvel. Faltava a eletricidade e a escuridão tornava o lugar ainda mais desolador, dessa forma, na primeira noite depois que chegamos deixamos uma vela acesa, abatidas, nos abraçamos e começamos a chorar, incapazes de nos adaptar às adversidades que nos cercavam.

Entretanto, Caccalama também ostentava a St. Agnes Catholic Girls' Boarding Primary School, uma escola primária na qual as crianças das aldeias distantes viviam, comiam e dormiam durante todo o período escolar; era tarefa delas varrer e manter arrumadas as salas de aula, cortar e limpar o gramado, levar água do poço para a cantina e para o dormitório, recolher e queimar o lixo. As atividades escolares e extraescolares começavam às seis horas da manhã, antes do nascer do sol, quando ainda estava completamente escuro lá fora, e terminavam às nove horas da noite, quinze horas de atividades que os mantinham ocupados. Emily estava na quinta série, tinha seu despertador em formato de cachorro que, com seu odioso "Au-au-au", todas as manhãs, a acordava às cinco e quarenta, quando, então, abria os olhos e olhava para fora da janela que dava para a escola: se não houvesse nenhuma luz acesa significava que não havia eletricidade, então podia dormir um pouco mais, pois as aulas só começariam quando chegasse a luz do sol, caso contrário, ela se vestia e ia para a aula. Em Naggalama havia energia elétrica dia sim dia não, por isso se usavam geradores muito ruidosos, utilizados com parcimônia. Também esse era o caso do hospital em que, para economizar, deixavam no escuro as alas menos importantes para poder garantir eletricidade na sala de cirurgia e de emergência.

Na St. Agnes Catholic Girls' Boarding Primary School, Emily era a única criança branca entre mil crianças negras, o que a fazia sentir desconfortável. Todas eram curiosas e queriam tocar seu cabelo claro, longo e liso, o que exacerbava seu sentimento de ser inusual; não foi fácil para ela se adaptar à St. Agnes, uma escola muito diferente daquela de Salvador, na qual se estudava, se fazia teatro, música e canto, entre outras atividades recreativas apropriadas à vida das crianças. Em St. Agnes Emily, como todos, tinha que encher e carregar os baldes de água, limpar e cortar a grama, estudar matérias relacionadas à vida local como apicultura, criação de galinhas, de ovelhas ou de vacas, assuntos sobre os quais o currículo escolar se focalizava durante meses com o objetivo de ensinar as meninas as atividades rurais que realizariam quando crescessem. Aprendia-se muito também sobre a AIDS, doença que permeava o país. A localização da aldeia e da nossa casa dava a sensação de estarmos em uma fazenda: convivíamos com vacas, galinhas e macacos que circundavam nosso lar e faziam parte da família. Emily e Esther, sua colega de escola e vizinha, nomeavam as vacas e as ovelhas que amavam e tratavam como animais de estimação. No entanto, eu odiava o cheiro dos excrementos que entrava na casa pelas janelas sem persianas nem vidro, dotadas de mosquiteiros numa infeliz solução que nos protegia dos mosquitos, mas não criava nenhuma barreira aérea nem acústica com o ambiente externo, de modo que à noite se ouvia o mugido ensurdecedor e irritante das vacas, insuportável especialmente quando davam à luz.

O currículo escolar da St. Agnes me deixava perplexa e, para compensar, eu dava a Emily umas tarefas para casa sobre assuntos mais adequados aos programas de estudo brasileiros, apesar de suas reclamações e de seu cansaço após um dia de atividades. As salas de aula eram compostas por oitenta a cem crianças e as aulas eram mal organizadas: as crianças aprendiam matemática às oito horas da noite, quando estavam exaustas. O aspecto positivo da escola era o estudo das matérias em inglês, o que fortaleceu o domínio da língua por Emily. O método de educação estava ancorado ainda em um passado obsoleto: se aplicava o castigo físico com um bastão de madeira por erros ou mau comportamento. Minha filha ficava traumatizada cada vez que batiam em uma de suas coleguinhas e voltava para casa em lágrimas. A diretora argumentava que o castigo físico era necessário para uma boa educação das crianças.

No dia em que fui conversar sobre esse assunto, ela logo me dispensou dizendo: "Não se preocupe, doutora, não vamos bater na sua filha", como se fosse esse o problema.

As freiras que dirigiam a escola me obrigaram a fazer a primeira comunhão de Emily. Eu nunca havia dado a ela um direcionamento religioso, preferindo que quando crescesse e tivesse mais compreensão escolhesse suas próprias crenças, mas não tive escolha, sua primeira comunhão era inadiável. Tivemos então que achar um vestido branco, impossível de se encontrar em Naggalama e que conseguimos emprestado de uma família de amigos que viviam em Kampala, resolvendo assim o rito da primeira comunhão.

Viver em Naggalama significava ter que lidar com a realidade relacionada à pobreza, e com as coisas essenciais; em St. Agnes School, o vestiário das crianças se resumia a uniformes escolares, dois vestidinhos horríveis do "tipo freira", um rosa e outro marrom, um para as aulas e outro para as atividades recreativas. Numa tentativa de se identificar com as colegas, Emily deixou de usar seus vestidos coloridos comprados no Brasil e só usava seu triste uniforme. Ela sentia muita falta de casa de Salvador, a famosa saudade, não se conformava em estar em Caccalama, criando em mim um grande sentido de culpa, tanto que nas primeiras semanas tive a forte tentação de romper o contrato e voltar ao Brasil, mas tendo assumido um compromisso com o CUAMM e assinado um contrato, senti que não poderia desistir e partir; teria sido pouco profissional, além de criar problemas para o projeto, por isso resolvi resistir e ficar até o final.

O trabalho consistia em colaborar para a organização de três hospitais rurais, mas para Emily isso pouco importava, ela continuava triste e não se adaptava de jeito nenhum. Para animá-la e compensá-la pela situação para a qual eu a havia arrastado, prometi deixá-la passar as férias escolares no Brasil. Assim, quando a escola fechou, contatamos uma agência de viagens.

— A viagem é longa e há várias conexões e horas de esperas — disse a moça da agência. — Ela terá que ir de Kampala a Nairóbi, do Quênia à África do Sul, onde haverá uma parada com pernoite, no dia seguinte um voo para São Paulo com outra parada até Salvador.

A descrição do itinerário me deixou abismada e hesitante. A duração total da viagem, incluindo voos e conexões, ia além de vinte e quatro horas.

— Você tem certeza de que quer fazer esta viagem? E tão longa — perguntei-lhe preocupada na esperança de desencorajá-la.

— Sim, claro! Tenho certeza absoluta! — respondeu sem mostrar uma sombra de dúvida ou dar espaço para negociações.

A menina tinha somente dez anos de idade quando embarcou na maior felicidade, em uma viagem interminável que me manteve ansiosa até que chegasse à Bahia, onde seus amigos e famílias a esperavam no aeroporto. Emily ficou no Brasil por cerca de um mês; foi para sua antiga escola que tanto amava, para a escola de dança, foi a festas e passou um tempo com seus amigos. Eu a ouvia feliz ao telefone como jamais tinha estado desde que tínhamos chegado a Naggalama.

— Não sei se devo acordar de um sonho por ter estado no Brasil ou de estar entrando num pesadelo por ter voltado em Caccalama — disse ela, desanimada, após seu retorno a Uganda.

— Bah, temo que você terá que acordar do sonho, pois ainda ficaremos oito meses aqui — disse-lhe, desapontada, sentindo um certo pesar por ela e por mim.

Viver em Naggalama, de fato, era pesado também para mim, que contava os dias que passavam bem devagar e nunca terminavam. Além da eletricidade a cada dois dias, das coisas na geladeira que descongelavam, das noites à luz de velas, havia os ratos, eternos companheiros que nunca faltavam e eram enganadores. As fêmeas, quando prenhas, se escondiam nos cantos mais impensáveis da casa e se multiplicavam aparecendo, aqui e ali quando eu menos esperava, comendo alimentos que depois eu encontrava roídos.

Muitas vezes eu me sentia invadida por tristeza e angústia, então colocava música brasileira, vestia minhas saias curtas e coloridas, fazia um drink com suco de maracujá e um destilado de cana de açúcar local (horrível de se beber puro, mas bebível quando misturado com o suco) e dançava sozinha até Emily voltar da escola.

Era 2006 e havia a Copa do Mundo. Para poder assistir, tive que alugar uma televisão e um gerador que desligava nos momentos cruciais do jogo, logo quando tinha algum gol importante. Na noite da final entre Itália e França, eu estava muito ansiosa e com medo que a Itália perdesse (tinha chegado na final por sorte e as chances de ganhar contra a França eram mínimas). Para lidar com a tensão, preparei vários coquetéis que bebi durante o primeiro e o segundo tempo, de modo que no final do jogo estava tão confusa e tonta que não tinha certeza se a Itália havia ganhado a copa ou não, até que comecei a receber telefonemas de felicitações do Brasil, de Moçambique e da própria Itália, confirmando a vitória dos azuis. Fui contar a Emily, que já estava dormindo, mas por não gostar de futebol e não se sentir italiana, ela não teve nenhuma reação. Não tinha ninguém com quem compartilhar a alegria de ter ganhado a quarta copa do mundo, então pulava e torcia sozinha, feliz com as vacas e os macacos que foram minha única companhia naquela noite.

Depois de cerca um ano, uma vez concluído o contrato, deixei Uganda convencida de que a experiência com cooperação para mim tinha chegado ao fim. Tinha sofrido a solidão e me tornado intolerante aos contextos africanos, aos problemas logísticos e à desconfiança das pessoas, dos negros em relação aos brancos e dos brancos em relação aos negros. Havia sido muito difícil sobreviver em Naggalama e sem pensar duas vezes decidi voltar para o Brasil: devia isso a Emily, que também tinha sofrido muito em Uganda e me implorava para voltar para aquela que ela sentia ser sua terra. Eu não tinha trabalho, mas estava confiante de que, como médica, encontraria algo para fazer.

11.

Diretora eficiente, diretora irreverente

As malas chegadas de Kampala em Roma foram encaminhadas diretamente para Salvador, onde Emily e eu voltaríamos dali a algumas semanas após uma breve parada na Itália para cumprimentar e logo despedirmos da família e dos amigos.

Estávamos felizes de retornar "para casa", embora ainda não tivéssemos um lar. Viajamos com meu irmão Rino, que queria vir passar um tempo conosco. Emily e eu estávamos contentes da sua companhia; nós o queríamos muito, embora não concordássemos com seus pensamentos provocadores. Ele havia se tornado um grande advogado e tinha tido um grande sucesso na vida. Era um homem honesto, respeitoso, educado e para nós engraçado pelas idiotices e brincadeiras que dizia. Estava convencido de estar sempre certo e ter sempre razão e considerava-se a pessoa mais perspicaz e extraordinária do mundo, excelente em tudo o que fazia e falava. Embora tivesse muitas qualidades, nos adorávamos contradizê-lo em diatribes oratórias até nos exaurir. Tê-lo conosco em Salvador foi uma grande alegria, Rino era um ponto de referência importante em nossas vidas, para mim mais que um irmão, e para Emily um tio generoso.

No dia seguinte à nossa chegada em Salvador, Emily retomou a escola, Rino foi à praia e eu entrei em contato com pessoas que poderiam me dar um trabalho. O início não foi fácil pelas questões burocráticas e administrativas: a burocracia brasileira, conhecida por ser uma das mais complexas do mundo, parecia intransponível no começo. No passado, sempre houve uma organização para cuidar do visto e da permissão de trabalho, mas dessa vez eu teria que fazer tudo sozinha. Era complicado entender a tipologia dos inúmeros documentos necessários, achar um ponto de partida e um ponto final, era um círculo vicioso que lembrava *O Processo*, de Kafka: para obter um visto de trabalho era necessário um visto de residência, e para o visto de residência, um visto de trabalho era uma *condicio sine qua non* um curto-circuito de assinaturas, autorizações e documentos cada vez mais confusos que se perdiam ou acabavam em lugares errados. Para não estar sujeito a sanções, era necessário sair periodicamente do Brasil e depois entrar novamente, com direito a um novo visto de turista, continuando às margens da "clandestinidade", que não era criminalizada desde que se pagasse uma multa diária. Sem documentos regulares não era fácil encontrar um trabalho e de consequência era difícil sobreviver economicamente. Ganhava tão pouco no início que fui obrigada a pedir um desconto nas mensalidades da escola de Emily, que me foi concedido em cinquenta por cento.

Minha regularização parcial levou um ano e meio e obtive um visto de trabalho temporário que me permitiu trabalhar como gerente, pois a prática da profissão médica em si exigia a validação do diploma, outro processo que levou quatro anos para ser concluído. Felizmente, independentemente da validação do diploma, consegui encontrar um emprego de meio período em uma ONG local que lidava com tuberculose, graças ao meu mestrado em gestão da saúde; o salário era baixo, coisa que me causava importantes problemas econômicos: ganhava cerca de mil euros por mês com o qual eu lutava para sobreviver, cobrir os custos do aluguel, da escola da Emily, seu curso de dança do qual ela não queria abrir mão, da comida; não conseguia chegar ao fim de mês, as contas me deixavam ansiosa, pois eu economizava em tudo, energia, água e comida, comprando apenas produtos em oferta ou com desconto. Para tentar sobreviver, acabei aceitando um emprego como professora de medicina numa universidade particular. Não gostava de ensinar, mas era uma atividade não vinculada à validação do diploma, então aceitei a proposta confiante de que seria uma experiência de crescimento profissional. A universidade representava um compromisso enorme, entre a elaboração das aulas, das provas escritas e correção delas, a apresentação de casos e as atividades práticas, esforços enormes e pouco remunerados que não melhoravam minha condição econômica. Trabalhava muito e ganhava pouco, assim, depois de dois anos de ter voltado ao Brasil, comecei a considerar com relutância retornar à Itália.

Era agosto e estava recolhendo informações sobre possíveis escolas italianas para Emily quando um colega me telefonou conferindo-me um papel de coordenação em cujo processo de seleção eu havia participado alguns meses antes, oferecendo-me um salário digno, suficiente para me permitir uma vida decente. Esse era um avanço inesperado, seguido dali a alguns meses, por outro salto em minha carreira profissional que se realizou graças à minha formação e experiência gerencial: fui encarregada de uma das diretorias de saúde do estado da Bahia, *a Direção da Regulação*, cuja equivalência na Itália não existe. Em minha nova função de gestora, recebi uma quantidade imensurável de responsabilidades e um salário proporcionalmente alto, que me pareceu tão desmedido a tal ponto de me perguntar se não havia sido um erro de cálculo. Fui tentada de pedir que verificassem, mas Emily objetou:

— Não mãe, eles não cometeram nenhum erro, se o salário for esse quer dizer que a posição que você tem vale muito.

Eu não podia discordar dela, o trabalho que eu fazia era massacrante: eu não tinha horário ou momentos de descanso, havia sempre emergências para resolver, o telefone nunca parava de tocar onde quer que eu estivesse, a qualquer hora do dia ou da noite, sem trégua; se fosse jantar com amigos, poderia acontecer de ter que passar a noite inteira ao telefone, sem poder desfrutar de sua companhia; às vezes tinha que ir ao hospital no meio da noite para transferir pacientes de um hospital para outro e liberar leitos para emergências, o que era frequente quando havia tiroteios entre a polícia e os traficantes, causando muitas vítimas.

Tornei-me uma pessoa referenciada, reconhecida e respeitada, com um significativo poder de decisão que me permitia propor e realizar projetos fundamentais para a saúde e a população baiana.

A minha diretoria tinha que tentar conciliar a demanda por assistência médica com a oferta de leitos em todo o estado da Bahia, o que era complicado porque havia um abismo entre a disponibilidade e a necessidade dos leitos. Havia muita pressão e isso exigia sangue frio, grande capacidade de organizar, raciocinar, saber lidar com o estresse, decidir quem iria entrar no hospital e quem não se fosse necessário, quem salvar e quem não salvar. E ainda havia pressões políticas para dar prioridade a um paciente "recomendado" no lugar de outro, e não era fácil fazer frente aos políticos poderosos, que exigiam que seus familiares tivessem prioridade em nome de seu poder político. Como diretora eu tentava ser imparcial, mas, apesar disso, às vezes tinha que obedecer às ordens de cima, o que me encolerizava e me levava a ir contra os poderosos entre outras pessoas importantes.

— Que diretora irreverente — brincavam meus colaboradores. — Diretora eficiente, mas irreverente.

Eu costumava ser franca e direta, independentemente da hierarquia ou do grau de importância política das pessoas, "sem filtros", portanto, de forma pouco diplomática.

Os desafios da diretoria eram muitos e sempre cheios de adrenalina. Por minha sorte trabalhava com uma equipe extraordinária e unida, composta por pessoas motivadas e apaixonadas que me respeitavam e me amavam. Coordenava aproximadamente quatrocentas pessoas, embora o núcleo da equipe fosse composto por cerca de vinte colaboradores com os quais construí amizades reais e profundas ao longo dos anos. Entre os muitos amigos e colegas, Myriam e Karla se tornaram meus pontos de referência, meu braço direito e esquerdo, ambas coordenadoras da minha diretoria; contava com elas para todas as incansáveis atividades, para as viagens de supervisão, para discussões construtivas para melhorar as falhas no sistema de saúde. Elas não se davam muito bem uma com a outra, mas em mim encontravam a sintonia e o trio trabalhava perfeitamente. Baixinha e cheinha, Myriam era a colaboradoras das ideias brilhantes que lançava como desafios utópicos e que eu abraçava tornando-as reais. Ela sempre bebia Coca-Cola e comia só carne ou pizza; brincávamos uma com a outra e acima de tudo ríamos dos problemas em que nos metíamos juntas. Era uma péssima copilota, sempre me fazia tomar a rua errada, me exasperando por ser mais desorientada que eu, mas convencida de que ela conhecia as ruas de Salvador. Karla, alta e séria, era equilibrada, reservada e filosófica; com ela eu compartilhava minhas aventuras amorosas, sentindo-me mais íntima sob esse aspecto. Mas eu era inseparável de ambas. Carmen, minha secretária, também era extraordinária, administrava minha agenda resolvendo os problemas antes mesmo de eu ter pedido: logo que eu desligava o telefone, ela já tinha feito tudo o que eu teria pedido para fazer.

— Você é a secretária perfeita que qualquer diretor gostaria ter, Carmensita! — lhe dizia sempre.

Depois havia todos os médicos e enfermeiros, com os quais se estabeleceu uma relação que ia além do contexto de trabalho e nos levava a nos encontrar todas as sextas-feiras à noite ou aos sábados em um barzinho, para estarmos juntos. Assim o trabalho fluía melhor

— As relações de trabalho se constroem na frente de uma cerveja — dizia o diretor nacional da tuberculose.

E ele estava certo, socializar melhorava as relações com e entre o pessoal.

Independentemente das amizades sagradas que tinham se estabelecido, eu era bastante dura e determinada em meu papel de diretora e não dava descontos a ninguém: respeitava e elogiava aqueles que trabalhavam duro e produziam com responsabilidade, enquanto não tolerava aqueles que descansavam o tempo todo e não queriam fazer nada. Deles eu exigia mais compromisso, sob pena de "demissão por justa causa", que tinha o poder de fazer, resultando quase detestável em tais casos: "ou te amam ou te odeiam", diziam de mim.

O Brasil casava perfeitamente a minha necessidade de agir e sentir-me útil: tinha um sistema de saúde precário para o qual eu podia dar uma contribuição importante e o desejo de ter uma vida social, composta por sair, sol, mar, cinema, caipirinha e samba, atividades que conseguia realizar entre um telefonema e outro.

Trabalhei como diretora da saúde durante cinco anos. Não faltavam frustração e decepção quando a falta de leitos disponíveis para pacientes graves resultava na morte de pessoas, incluindo crianças e acima de tudo bebês, devido à insuficiência das terapias intensivas neonatais. Uma vez, levei dez dias para responder ao pedido desesperado de um hospital rural que precisava transferir uma criança afetada por uma doença cardíaca congênita grave. Numa manhã após enormes esforços, consegui encontrar uma unidade de terapia intensiva para o bebê e liguei feliz com a boa notícia

— Estamos enviando o avião com a unidade de terapia intensiva e o anestesista a bordo, para transferi-lo aqui para Salvador, onde finalmente temos um leito destinado a ele!

— Vincenza, o bebê morreu duas horas atrás — disse a voz desvanecida da neonatologista do outro lado do telefone.

Senti-me péssima e a notícia me entristeceu, porque em meu coração havia adotado aquela criança sem nem a conhecer e sua vida havia escapado por entre meus dedos. Não era a primeira vez que isso acontecia.

A lista de espera por leitos hospitalares contava com mais de mil pacientes por dia, contra cem leitos disponibilizados pelos hospitais, uma enorme desproporção, uma matemática que jamais daria certo. Por mais longas que fossem as listas e por mais anônimos que parecessem os nomes no sistema informático, eu sabia que se tratava de pessoas doentes: tinha uma visão vivida de seus rostos, das mãos, das histórias clínicas, das idades, das cidades de origem, das famílias. Dar uma identidade a esses pacientes que por dias e dias esperavam seu leito de hospital foi um dos trabalhos mais extenuantes e cansativos que já tivesse feito.

Felizmente, a posição que ocupava me permitia tomar iniciativas que tinham impacto no sistema da saúde da Bahia. Costumava gerir dados, coletá-los, analisá-los e transformá-los em gráficos, fotografias da situação de saúde local. Após uma cuidadosa pesquisa, resolvi apresentar os dados sobre a taxa de mortalidade de crianças com doenças cardíacas no estado da Bahia ao secretário do estado, o Dr. Solla, um carismático mestre da diplomacia, um político de extraordinária capacidade e humanidade.

— O número de crianças na lista de espera para a cirurgia cardíaca é muito alto e, enquanto esperam, uma boa porcentagem vai a óbito. Agora, o custo de um avião com UTI para o transferimento para São Paulo ou para o Rio de Janeiro é de vários milhares de reais e resolve menos de um terço dos nossos casos.

— Onde você quer chegar?

— Acho que deveríamos investir na cirurgia cardíaca pediátrica, construir unidades de terapia intensiva específicas, aproveitar os cirurgiões cardíacos pediátricos e estruturar um serviço de cirurgia cardíaca pediátrica na Bahia. De acordo com meus cálculos, seria possível reduzir os custos do transporte aéreo a zero e salvar mais vidas, pois assim as crianças seriam operadas imediatamente, sem semanas de espera, o que na maioria das vezes é um tempo de espera letal. A Bahia poderia se tornar um centro de referência para crianças com doenças cardíacas, como Rio e São Paulo.

O secretário concordou comigo e, em dois anos, o serviço foi organizado e muitas crianças foram operadas prontamente, minimizando as listas de espera locais e recebendo mais adiante casos de outros estados, tais como de Rondônia. Foi um projeto que me deu muita alegria e satisfação.

Do ponto de vista afetivo, tendo superado minha obsessão por Alcino, tinha tentado abraçar a filosofia brasileira, vivendo as relações de forma mais leve. Não eram grandes histórias de amor, mas me faziam sentir bem.

O eterno sol de Salvador aquecia meu corpo e minha mente, nos fins de semana, acordava cedo para ir caminhar na praia; gostava de observar os meninos que, descalços e sem camisa, jogavam futebol na areia, gritavam a cada gol e se zangavam quando algo ia errado, colocavam sua alma naquela bola. Quilômetros e quilômetros de praia ocupados por equipes de futebol improvisadas, divertidas, o mar, a leveza de viver, a alegra que se respirava no ar e a música que nunca parava de tocar me davam uma energia positiva que preenchia minha alma.

12.

O que é RAME?

Não estava nos planos de Emily frequentar a universidade na Itália. Ela se sentia cem por cento brasileira e tinha pouca afinidade com sua terra de origem. Seu italiano era limitado, pois só falava comigo em italiano; para ela a Itália era um país estrangeiro, enquanto no Brasil estava em casa.

— Não sou italiana porque nasci em Siena — disse orgulhosamente aos cinco anos de idade, quando ainda nem tinha clareza sobre a geografia do mundo.

— Você poderia tentar fazer um curso de medicina na Itália, onde as universidades são mais estruturadas que no Brasil e não entram em greve a cada mês, como acontece aqui.

— Não sei, não falo nem entendo muito bem o italiano, no máximo, poderia tentar fazer um curso em inglês lá — respondeu, perplexa.

— Você não tem nada a perder, tente, você poderá desistir da vaga se achar melhor.

Ela resolveu fazer o teste de admissão nacional apostando em Siena, sua terra natal, para o curso de medicina em italiano e em Roma para o curso em inglês. Havia escolhido estudar medicina sem que eu a influenciasse, de fato, quando alguns meses antes ela havia me dito que, baseado nos testes vocacionais realizados na escola, o curso mais adequado para ela era medicina, fiquei surpresa sem, contudo, me entusiasmar. Após anos de trabalho, eu tinha me convencido de que a profissão médica, por mais bela que fosse, era pouco alegre: o contato diário com o sofrimento das pessoas acabava interferindo na vida pessoal do médico, especialmente se este fosse incapaz de separá-la da vida profissional. Era o que acontecia comigo, que absorvia o sofrimento dos pacientes sem poder dormir à noite ou me entristecia quando sentia que não tinha feito o suficiente para salvá-los. Não desejava isso para ela, temia pela sua sensibilidade. Emily tinha apenas dezessete anos quando começou a faculdade, quem sabe não fosse madura o bastante para escolher seu futuro.

Quando ela partiu para a Itália, eu me conformei logo, pois já estava acostumada a grandes separações dela pelas constantes viagens de trabalho, além disso, sentia que ela havia crescido para o mundo, sabia que um dia ela haveria de iniciar o seu voo. Em Roma, Gianna e Mirella, suas babás de infância, a esperavam e a levaram para fazer todas as provas para o teste nacional de medicina.

— Não sei como fui às provas, tinha perguntas sobre a literatura e sobre a história italiana que eu não sabia muito e havia uma com a palavra *rame*. O que significa *rame*?

— *Rame* é o cobre.

— Ah! Nunca tinha ouvido essa palavra, mas tirando as palavras que eu ignorava, no geral, as perguntas não eram muito difíceis, talvez porque estou acostumada aos testes de múltipla escolha.

Emily estava tranquila quando retornou para Salvador. Aguardava ansiosa os resultados das provas feitas nas universidades brasileiras e tinha um secundário interesse pelas provas da Itália. Dali a algumas semanas, recebeu a notícia de que havia sido aprovada do curso de medicina em italiano e em inglês, optando no final por este último, por ser um idioma que lhe era mais familiar. Em Roma, encontrou alojamento no colégio universitário da Universidade Católica, um ambiente protegido, ideal para sua jovem idade, apesar das restrições impostas pelo regulamento sobre as saídas, as visitas e os horários de retorno, o que incomodava a mim mais do que a ela. Eu tinha vivido tais imposições, portanto, nunca havia colocado limites à liberdade dela, nem jamais havia lhe proibido nada, deixando-a viver o que quer que a fizesse feliz. Impor restrições, ainda mais quando ela já se aproximava da maior idade, seria uma contradição.

Em Salvador, onde eu havia ficado, continuei levando para frente o trabalho e os compromissos profissionais que ocupavam os meus dias e a minha vida. Entretanto, quando voltava do trabalho à noite, exausta depois de um dia corrido e frenético, a casa sem minha pequena estava vazia, ainda que nos falássemos e escrevêssemos mensagens todos os dias, eu sentia falta de tê-la perto de mim, de abraçá-la e lhe fazer carinho.

Refletia sobre aqueles dezessete anos passados em simbiose, contando somente e sempre uma com a outra e no pouco tempo que restava para estarmos juntas, antes que ela fosse viver por conta própria definitivamente. Eu estava vivendo a famosa síndrome do ninho vazio e a saudade me invadia. Em Roma, Emily tinha se ambientado bem, além da faculdade, tinha se matriculado numa escola de dança e fazia parte de um grupo de jovens voluntários do CUAMM, que entre suas atividades arrecadava fundos para atividades na África. Eu sentia orgulho dela.

— Sinto falta de você, mãe — dizia sempre. — Você deveria tentar vir trabalhar na Itália.

— Bem que gostaria, não gosto de viver sem você. Estou procurando, mandando currículos, vamos ver, quem sabe.

Um dia me ligou toda empolgada.

— Mãe, eu conheci um velho amigo seu da época da escola.

— Sério? Como? Quem é?

— Se chama Michele Loiudice. Durante uma das reuniões do grupo do CUAMM, notei que ele me encarava, depois se aproximou de mim e me perguntou se eu era sua filha. Vocês iam para a escola juntos, ele lembra muito bem de você, diz que você é uma pessoa brilhante, muito renomada no CUAMM. Comentei com ele que você gostaria de voltar para Itália se encontrasse um trabalho.

— Ele deve ter ficado surpreso sabendo da minha paixão pela cooperação internacional e pelas diversas missões com o CUAMM.

— Disse que em um lugar chamado INMP estão procurando um infectologista, uma possibilidade que pode lhe interessar.

— Não acredito!

— Calma! Eu ainda não terminei. Liguei para o diretor do INMP e contei a ele sobre seu trabalho, sua experiência profissional e do seu desejo de retornar à Itália, ele pareceu interessado, mas me disse que era melhor falar diretamente com você. Ligue logo para esse diretor do INMP, vou te mandar o número.

De repente, me vi com um número de telefone na mão e uma oportunidade de trabalho em Roma, enquanto olhava pela janela da minha casa para o infinito mar azul da baia de Salvador. Não teria sido fácil me reinventar como infectologista clínica na Itália depois de tantos anos passados em países distantes em funções predominantemente de gestão.

Nunca tinha ouvido falar do INMP, que descobri pela internet ser o Instituto Nacional de Pobreza e Imigração, uma instituição que lidava com as populações mais vulneráveis, migrantes, ciganos, sem-teto e os menos favorecidos em geral, um elemento que dava continuidade e coerência ao meu ideal profissional.

Eu lia sobre os fluxos migratórios da Europa Oriental, da África e Ásia para a Europa, em especialmente para a Itália, sobre os barcos de migrantes que afundavam, as recusas de entrada, os campos de refugiados às portas dos países que fechavam as fronteiras, o tráfico de seres humanos organizados por verdadeiros sistemas mafiosos internacionais. Lia sobre as ONGs que trabalhavam para salvar vidas no mar e dos governos que diabolicamente as difamavam para impedir as operações de resgate, mas apesar de tudo me sentia distante da problemática europeia. Eu vivia preocupada com a questão da lista de espera pelos leitos hospitalares na Bahia, a gestão da minha diretoria, a responsabilidade de dirigir o sistema de saúde local, que me mantinha ocupada o tempo todo.

No entanto, no ano que se tinha passado, havia alimentado a ideia de voltar a viver com Emily, então decidi ligar e avaliar a proposta do INMP. O diretor, frio, mas educado, me falou sobre os processos de seleção que me obrigariam a ir para Roma para a entrevista, já que era impossível fazer por videochamada, pois não estava previsto no regulamento da seleção. A obtusidade de tal afirmação me deixou perplexa e me fez vacilar. Como era possível que no século 20 não se fizessem entrevistas de trabalho por videochamada? Para que viajar doze horas e gastar mais de mil euros para uma entrevista de trabalho que eu nem tinha mesmo a certeza de passar? Apesar das dúvidas, voltar a morar com Emily não tinha preço, então decidi tentar a sorte. O papel de trabalho previsto no INMP tinha um foco clínico, longe da experiência de gestão à qual eu estava acostumada, assim, voltei a estudar infectologia clínica. Por engano, tinha lido que a entrevista seria em inglês, então acabei comprando o *Mandell* (a bíblia norte-americana da infectologia) e estudei tudo em inglês. Descobri, no dia da prova, que a entrevista seria em italiano e que do inglês seria feita apenas uma avaliação mínima: uma leitura banal de um trecho de dez linhas e a sua interpretação. Fiz um esforço enorme estudando tudo em inglês e repetindo-o oralmente para memorizar em outra língua as doenças infecciosas e tropicais, as metodologias de diagnóstico e os tratamentos que haviam mudado no tempo, enquanto eu poderia ter feito tudo isso mais facilmente em italiano.

No fim de novembro, fui a Roma para a entrevista e, no dia 25 de dezembro voltei definitivamente para minha pátria depois de mais de quinze anos no exterior, pegando o voo mais econômico da Air Europa, em promoção para o dia do Natal. Com pesar, tinha pedido demissão do meu papel de diretora, dos meus amigos e colegas brasileiros, do país que mais tinha amado. Organizei uma festa de despedida maravilhosa com cerca de oitenta pessoas, inclusive o cônsul italiano da Bahia e no mesmo dia destruí meu Sandero vermelho, que já estava vendido, batendo contra um muro baixo por uma distração estúpida.

Estava prestes a deixar doze anos de Brasil para trás para adotar o cargo de infectologista no INMP.

Era a primeira vez que me via trabalhando na Itália. No início, por mais que tivesse estudado, me sentia insegura, sabia pouco ou nada sobre o sistema nacional de saúde italiano, no qual jamais havia trabalhado e tampouco feito uma prescrição médica. Ainda mais, era a primeira vez que lidava com a desconhecida realidade dos migrantes, com suas histórias de medo, coragem, dignidade e desespero; histórias de mulheres violentadas e torturadas nos campo líbios e que se tornavam mães dos filhos das torturas que não aceitavam; levavam consigo as marcas do suplício: cicatrizes de cigarros apagados sobre seus corpos, cortes de facas feitos por desprezo ou para assustá-las na tentativa de extorquir dinheiro para deixá-las continuar a viagem para a Europa. Das torturas não estavam isentos nem mesmo os rapazes, para os quais a violência sexual sofrida era motivo de vergonha, que não admitiam para si mesmos e muito menos para outros, mas que depois carregavam como uma cicatriz, uma marca para sempre. Havia também migrantes que haviam vivido ou experimentado certos atos de violência no país de origem, onde seus pais ou irmãos foram trucidados diante dos seus próprios olhos e que tinham fugido aterrorizados em busca de um mundo melhor. Contudo, era possível também escutar histórias de sucesso, de integração, embora prevalecessem as de dificuldade. Na maioria dos casos era a pobreza a razão da fuga, a busca de um emprego bem pago que pudesse ajudar a aliviar economicamente a família que estava longe. Décadas atrás, os italianos sonhavam com a América, não era tão diferente daqueles que agora sonhavam e ainda sonham com a Europa, embarcando em viagens de esperança, sem nenhuma certeza, senão a perspectiva de desembarcar em países onde tudo parece funcionar, onde a alimentação e o trabalho são garantidos, as leis e os Direitos Humanos são respeitados, os governos são democráticos e não há ditadores impiedosos ou um exército com licença para matar sem motivo. Eu escutava a história de suas vidas: o fato de a Itália, como país, os rejeitar parecia um detalhe insignificante, um mero detalhe também era a burocracia kafkiana que os aprisionava. Os vistos de permanência e de trabalho que jamais obteriam, os assim chamados centros de acolhimento, que os recebiam sem acolhê-los, confinando-os em sistemas esquizofrênicos de enlouquecer qualquer um, com um grande impacto psicológico para essas pessoas já desafiadas pela própria vida.

As histórias que me contavam abalavam o meu coração. Era inevitável que eu acabasse adotando alguns dos meninos cuja fragilidade me pegava desprevenida, me levando a cuidar deles como se fossem filhos, trazendo-os em minha casa para oferecer-lhe uma boa refeição ou uma boa cama para dormir, especialmente quando estava frio lá fora.

A atmosfera no INMP, no entanto, era às vezes hostil e competitiva, muito diferente daquela que eu estava acostumada na Bahia. Apesar disso, consegui me encaixar e lidar com algumas colegas que, com o tempo, se tornariam amigas íntimas, como Giulia e Chiara, mais jovens que eu, mas muito mais equilibradas. Vivia uma enorme empatia com os pacientes, para quem eu me tornei a "médica brasileira": depois de catorze anos falando português eu o confundia e o misturava com o italiano sem me dar conta, mas talvez fosse exatamente isso que me ajudava a superar as barreiras linguísticas: onde a língua não chegava, chegavam gestos e sorrisos com os quais eu me esforçava para que os jovens entendessem o tratamento correto. Eles entendiam, sorriam para mim, me agradeciam e eu me sentia feliz.

Meu segundo ano no INMP foi decepcionante. Fui encarregada da área ambulatorial de Medicina de Viagens, que incluía a prevenção farmacológica da malária e a aplicação de vacinas em pessoas que viajavam para os países tropicais; eu não gostava da nova função, que, além de não ser interessante, era também irritante, especialmente quando os futuros turistas faziam perguntas sem sentido ou cheias de clichês, logo para mim que tinha passado uma vida inteira na África e na América Latina. "Mas é verdade que os africanos são assim?" "É verdade que não se pode tocar nisto, aquilo..." "Tomar banho com a água de garrafa?" "Estou levando docinhos e biscoitos para as criancinhas africanas". Poucas vezes acontecia em que eram atendidos os voluntários ou os profissionais da saúde que estavam partindo para missões humanitárias e que faziam perguntas mais sensatas.

Com o passar dos meses comecei a me sentir insatisfeita e frustrada, um sentimento agravado pela falta de simpatia, para não dizer pior, que o diretor e o seu braço direito tinham por mim; algumas incompreensões tinham quebrado aquela mínima relação que poderia ter se estabelecido. Algum tempo depois eles começaram a exercer uma espécie de assédio moral sobre mim que me afetava. Eu sofria, incapaz de enfrentar ou argumentar em minha própria defesa, e após meses de tolerância decidi me demitir do INMP, apesar do excelente salário e da pouca carga de trabalho.

13.

SHEDRACK

Abandonei o INMP e as histórias dos migrantes para ir ajudá-los "na casa deles", como sugeria o slogan daqueles que haviam usurpado suas casas ao longo do tempo.

Entrei em contato novamente com o CUAMM, meu porto seguro, para missões internacionais, e parti para a Tanzânia para um projeto que se ocupava da má nutrição infantil. Em setembro de 2016, quando o verão na Itália terminava, após cerca de uma década, voltei ao que tinha sido um pouco a minha África, um pedacinho da qual sempre carregava no meu coração. O projeto de trabalho previa a redução da desnutrição infantil em duas províncias da Tanzânia por meio do treinamento de profissionais de saúde locais, da identificação precoce de crianças desnutridas, do tratamento das formas agudas de desnutrição e do monitoramento das formas crônicas. Os agentes comunitários treinados orientavam as mães em como alimentar as crianças com alimentos locais, cujo potencial nutricional era muitas vezes desconhecido, uma estratégia que visava a resolver o problema a longo prazo, pelo menos nas aéreas onde a natureza fornecia milho, vegetais e frutas. Uma organização britânica financiava a maioria das atividades previstas, enquanto o CUAMM era responsável pela compra dos alimentos terapêuticos para os desnutridos. Eu me joguei de cabeça nesse projeto que também me envolvia emocionalmente: considerava a desnutrição infantil como um triste flagelo devastador que se refletia na lenta agonia das crianças antes de morrer.

Havia já vivenciado isso anos antes em Lugarawa.

Eu vivia em Dar Es Salaam em uma casa grande e aconchegante que tinha dois quartos, uma cozinha, dois banheiros e uma sala mobiliada com enormes sofás estilo barroco modelo rococó. Minha cama tinha um dossel de rainha e era dotada de um mosquiteiro rosa e um colchão velho com molas que brotavam por toda parte. Viajava pelas províncias de Simiyu e Ruvuma, situadas uma no norte e outra no sul da Tanzânia, para a implementação das atividades realizadas pelo pessoal local do CUAMM. Com eles, visitava os hospitais e os centros de saúde para consolidar a gestão clínica das crianças desnutridas, me encontrava com as autoridades locais e organizava reuniões para discutir ideias com os agentes comunitários e promotores de educação nutricional entre as mães: a visão deles era importante para entender o contexto e a raiz dos problemas.

— Meu Deus, tem um homem no meio da estrada, parece que está desmaiado.

— Ele provavelmente está bêbado, você não está vendo o seu estado?

— Não, eu não acho, ele não se mexe, eu quero entender o que aconteceu com ele.

— Ele apenas está bêbado, doutora, logo vai se levantar e caminhar novamente.

— Pare o carro, por favor, precisamos pelo menos tirá-lo da beira da estrada.

— Estamos atrasados para as visitas, temos que ir e depois, cuidado! Ele pode reagir mal.

Não dei importância às palavras do meu pessoal, estávamos atrasados, era verdade, mas o homem corria o risco de ser esmagado por um carro ou um caminhão, tínhamos que tirá-lo de lá, bêbado ou não. Apesar de estar com um pouco de medo, me aproximei dele, não havia cheiro de álcool, mas um odor de vômito, de sujeira, de abandono, de fezes e urina. Toquei sua testa, observei que estava quente; pela aparência parecia que havia tido um ataque epiléptico, havia saliva saindo de sua boca, os olhos estavam cerrados, ao seu redor havia folhas e grãos de milho espalhados pelo chão. Quem sabe, talvez ele tivesse tentado se alimentar com espigas de milho verde ou talvez tivesse desmaiado de fome, era difícil dizer. Convenci meus colaboradores a carregá-lo no carro para levá-lo ao centro de saúde mais próximo. Depois que jogamos água em seu rosto, começou a se recuperar, abrir os olhos e retomar a consciência. Ofereci-lhe um pacote de castanha de caju que havia trazido comigo por acaso e ele os devorou como se não visse comida há meses. O coitado tinha o aspecto de um animal faminto, atordoado e assustado. Chegando ao centro de saúde, pedimos às enfermeiras, que estavam perplexas, que o ajudassem, o lavassem e lhe comprassem algo para comer. Deixamos uma roupa limpa e algum dinheiro. Me incomodaram as risadas não tão dissimuladas das pessoas ao redor que debochavam do pobre desgraçado de aspecto animalesco, mas enquanto alguns riam, um senhor idoso me agradeceu em uma língua que eu não entendia e com um olhar que expressava uma gratidão que dispensava as palavras. No caminho de volta para Bariadi, nossa destinação final, eu me perguntava como um ser humano poderia se transformar em um animal faminto e abandonado, como fosse possível perder a dignidade e a humanidade a tal ponto de parecer um bicho. Pensei nas palavras de Primo Levi "*Se este é um homem...*"[3].

Não tive coragem de fotografá-lo: teria sido um atentado ao pudor de um ser humano, mas a sua imagem me tocou profundamente e eu jamais poderia esquecer. Esse episódio aconteceu dia 22 de fevereiro, um dia histórico para mim: exatamente vinte e dois anos antes ocorria o atentado em uma estrada semelhante na Guatemala. Uma estranha coincidência.

O legendário Filippo Frazzetta, um engenheiro italiano de cabelos longos com dreads que vivia em Zanzibar há anos e que me acompanhava para analisar a construção das unidades de desnutrição em Bariadi e que tinha doado sua camiseta ao pobre homem, alguns dias depois, me enviou uma foto e uma mensagem que guardo até hoje: "*Obrigado pelas conversas em liberdade on the road... Obrigado pelas reflexões pessoais sobre a vida e sobre o mundo... Obrigado pela performance de desenho animado. Obrigado por ser assim... Esta foto de alguma forma te descreve, sou feliz de tê-la tirado. Não sei por que a tirei, não costumo fazê-lo, talvez porque o sujeito é você.*"

A foto mostrava o homem na estrada e eu inclinada sobre ele.

Contudo, a Tanzânia não era só isso. Era também Martha Nyagaya, uma mulher extraordinária e lindíssima de origem queniana que vinha lutando contra a desnutrição há anos. Alto astral, sempre alegre e de bom humor, ela ria com facilidade de maneira espontânea e contagiosa, conseguia encontrar sol e beleza onde não havia. Martha tinha em sua história uma brilhante carreira profissional nas mais importantes organizações

---

[3] Livro do escritor italiano Primo Levi, *Se questo é um Uomo* (1947).

internacionais; era sagaz, inteligente e de uma humanidade incrível, sabia lidar com todas as pessoas e, acima de tudo, sabia se comunicar, falava com as mães das aldeias mais remotas na língua local, alcançando suas almas porque era uma delas, mas também sabia manter discursos diplomáticos, políticos e técnicos com os representantes governamentais dos países, os quais decidiam o destino de seu povo, assinando um acordo ou um projeto de saúde. Eu me apaixonei por Martha, suas capacidades de comunicação me encantavam. Instintivamente, eu lhe dei de presente uns brincos azuis de Swarovski, que eu havia recebido de lembrança quando deixei o Brasil, era o único presente possível que tinha comigo na época e queria oferecer-lhe para que se lembrasse de mim.

 A Tanzânia também incluía compartilhar as refeições com o pessoal local quando ia fazer as supervisões. Viagens muito longas e exaustivas em estradas acidentadas, de terra vermelha e lamacentas, que terminavam com uma única refeição de peixe frito, que era delicioso, mas sempre frito acompanhado de batatas, as quais também eram sempre fritas. Para comer, íamos aos lugares mais remotos, onde esperávamos mais de uma hora para que alguém viesse retirar o pedido, mais uma hora para trazer a clássica cerveja *Serengeti*, e um par de horas para trazer o peixe. Também era longa a espera pela conta, mas na Tanzânia era assim "*Pole*", devagar, devagar, para que ter pressa? Para ir aonde? Para fazer o quê? O tempo era marcado muito lentamente, a vida começava vagarosamente ao nascer do sol e se recolhia no silêncio das casas ao entardecer. Nas aldeias, era somente nas noites de lua cheia que a vida noturna era animada, quando a luz do luar convidava as mulheres para conversar, as crianças para brincar na rua e os homens para participar de torneios de cartas ou algum outro jogo de mesa que eu não entendia. Tinha um sabor doce a vida de campo, na qual a dignidade da pobreza não dava lugar ao desespero. Pelo contrário, éramos nós, italianos, que nos estressávamos e no desanimávamos quando as pousadas em que dormíamos não eram o máximo em termos de limpeza e conforto, se a água da torneira era fria e terrosa e houvesse teias de aranha e baratas no quarto, onde tudo parecia miserável e deprimente.

 Foi assim que Giulia e eu nos sentimos em uma das primeiras vezes que viajamos juntas e nos encontramos em um hotelzinho deplorável em que nada funcionava. Foram necessárias duas horas para reabrir a porta que eu tinha fechado e esquecido as chaves dentro do quarto. Giulia veio de Pádua por conta do CUAMM e fomos a Simiyu em uma missão exploratória, mas as dificuldades logísticas nos levaram ao limite, especialmente a ela, que não estava acostumada com a vida africana até então. Contudo, apesar do desconforto, da água fria e suja para tomar banho, das formigas caindo do mosquiteiro e aranhas tecendo destemidamente suas teias, demos muitas risadas. Eram bons momentos, coloridos pelo romanticismo com o qual eu sonhava quando era criança.

***

Como coordenadora do projeto, eu devia coletar dados para analisar o impacto das atividades implementadas: quantas crianças mal-nutridas foram identificadas? Quantas foram tratadas? Quantas foram a óbito? Por que faleceram, não foram diagnosticadas a tempo? Não foram tratados adequadamente? E com base nisso eram reformuladas as estratégias de intervenção.

Eu participava das reuniões com a Unicef, junto aos representantes do governo tanzaniano e de todas as organizações que trabalhavam na luta contra a desnutrição infantil. Mas o que eu mais gostava era de atuar no campo, falar com as mães por meio dos mediadores linguísticos (eu mal conseguia falar swahili, apesar das lições semanais) e tentar entender as causas da desnutrição de seus filhos: falta de alimentos em tempos de seca; pouco conhecimento sobre as propriedades nutricionais dos alimentos disponíveis; falta de tempo para alimentar as crianças mais novas, que ficavam aos cuidados dos irmãos maiores quando as mães iam trabalhar nos campos; tabus e falsos mitos sobre certos alimentos, como: ovos não podiam ser dados a crianças, pois perfuravam o estômago.

Colecionei muitas histórias que me marcaram emocionalmente, como a de Shedrack, uma criança de aproximadamente três anos de idade que conheci no auge do seu sofrimento e que, nos braços de sua mãe, emitia um lamento letárgico, recorrente, sem conseguir sequer chorar. Sua mãe não tinha a possibilidade econômica de permanecer no hospital, lhe faltava o dinheiro para comprar comida, mais uma deprimente história de pobreza total. Tentamos lhes fornecer um pequeno fundo de sobrevivência que lhe permitiria permanecer no hospital pelo menos até que a condição aguda do Shedrack melhorasse. Durante as semanas seguintes, a criança, devidamente alimentada com os alimentos específicos para o tratamento da desnutrição severa, começou a se recuperar e, quando retornei ao hospital de Bariadi, observei com enorme satisfação o milagroso renascimento da criança. Na última supervisão, a vi brincar com os brinquedos que nós tínhamos fornecido, sorrindo e interagindo, me enchendo de alegria e esperança. Decidi, na época, fazer de sua história um símbolo de esperança e de luta contra a desnutrição infantil e dar vida a uma campanha de arrecadação de fundos que eu já havia começado nesse meio tempo para apoiar o CUAMM que deveria comprar os alimentos terapêuticos já prontos, chamados Ready to Use Therapeutic Food (RUFT). Shedrack teve alta e voltou para casa, mas alguns meses depois foi novamente internado no hospital porque não tinha continuado o programa alimentar previsto devido a problemas familiares. Sua condição havia piorado e no mesmo dia em que sua história estava prestes a ser publicada, Shedrack morreu. Foi um golpe duríssimo para mim, que tinha me afeiçoado àquela criança, uma prova de que a mal nutrição pudesse ser superada e que o projeto produzia resultados visíveis. Em casa chorei lágrimas amargas e, quando me acalmei, escrevi algumas considerações que enviei aos meus amigos.

"A morte de uma criança mal-nutrida, a morte por FOME *é a morte da humanidade.*
É a vergonha do poder e das políticas mundiais.
É o prevalecer do egoísmo sem piedade.
O falimento de qualquer valor proclamado, ostentado e exaltado.
A morte do amor ao próximo.
Não há nada mais excruciante do que a agonia da desnutrição.
A sensação de frustração e impotência é enorme.
Como o desconforto que sinto quando encontro sempre algo para comer quando chego em casa.
Vamos para a lua, lançamos foguetes espaciais, vestimos cães, os vacinamos.
E não somos capazes de alimentar e ser solidários com uma criança que não tem acesso à comida?
Que mundo é o nosso?
Qual é o sentido das coisas? Da guerra? Da luta pelo poder?
Somos homens ou somos monstros?
Não sei. Estou confusa, frustrada, triste. Queria somente que fosse diferente."

A morte de Shedrack me marcou e não foi diferente com a morte de outras crianças que chegavam tarde demais ao hospital. Apesar disso, eu tentava não desistir, assim, para meus cinquenta anos, inspirada por uma iniciativa de minha prima Lucia, organizei uma espécie de festa de aniversário virtual com o tema "Comida para todos", uma festa imaginária, mas para a qual pedi aos convidados um presente real, uma doação para o CUAMM para a compra dos alimentos terapêuticos já prontos. Durante meses, recebi doações de todos os meus amigos e conhecidos ao redor do mundo: Brasil, Itália, Rússia e ex-Iugoslávia. Alguns deles organizaram verdadeiros eventos de arrecadação de fundos, como a rifa que meu amigo-primo Francesco Massari fez em Gravina no período do Natal, entres outras atividades de beneficência com o mesmo objetivo. A solidariedade me circundava e me enchia de felicidade.

    Tudo isso contribuía para dar um sentido de utilidade à minha vida, diferentemente do acontecido no último ano passado no INMP. Ainda assim, em Dar es Salaam, fora do trabalho, sentia uma extrema solidão que me deprimia. Eu não tinha sido capaz de criar uma vida social em torno de mim na cidade grande, onde europeus, italianos em particular, se reuniam em uma espécie de círculo fechado, a "comunidade dos expatriados" que talvez, com um certo esnobismo, eu tentava evitar, pois me lembrava os costumes dos colonizadores brancos. Como acontecia em Uganda, não gostava de ir a restaurantes com meus colegas italianos e ver que, na maioria dos casos, os únicos negros presentes eram os garçons que serviam as mesas. Era difícil para mim me encaixar nessas lógicas e preferia ficar à margem disso tudo, mas minha atitude, talvez um pouco radical e não tão sensata, me levou a um forte isolamento que não me fazia bem, e, diferente de quando era jovem, a solidão pesava sobre mim como uma rocha. Algumas vezes eu me embebedava com vinho para não pensar, outras vezes caía em um desânimo absoluto. Por que tinha ido embora de novo? Em Uganda, tinha constatado que a vida da cooperação não fazia mais sentido para mim, havia prometido e jurado que nunca mais embarcaria em missões internacionais e, no entanto, após uma década, ali eu estava novamente. Sentia falta da vida normal, aquela que na Itália ou no Brasil me permitia ir ao cinema, sair para comer, passar um tempo com Emily conversando, rindo ou apenas fazendo nada. Faltava-me até a boa comida, embora jamais tivesse dado importância à comida. Mesmo assim, tentava aguentar, porque lá no fundo continuava acreditando na minha missão e amando o trabalho e, além do mais, tinha assumido um compromisso com o CUAMM e o levaria até o fim.

O destino quis que, no mês de julho, quando voltei à Itália para as férias de verão, um pequeno incidente me impedisse de retornar à África, mesmo que só me restassem poucos meses para o final do contrato.

14.

O Bem Confuso

— Oi, Vincenza, vi a campanha de arrecadação de fundos que você lançou no Facebook, é um projeto incrível, mas, afinal, você sempre foi uma pessoa sensível e altruísta. Tomei a liberdade de participar, espero que isso te agrade.

— Oi, Gabriel, você tem sido muito generoso, obrigada, é um prazer ouvi-lo depois de tanto tempo. Como você está?

Tudo começou assim. Eu não via nem ouvia Gabriel há mais de vinte anos, desde que ele tinha ido me visitar no hospital em Roma após meu acidente na Guatemala, época em que nossa amizade, que florescia timidamente revelando um interesse recíproco, foi cortada quando ele soube que eu esperava uma criança, apagando qualquer possibilidade de uma hipotética história. Desde então, nossas vidas haviam se separadas e ficaram perdidas no tempo. Naqueles anos ele era um rapaz simpático e gentil, me oferecia atenções, às quais eu não dava muito peso, convencida de que eu não fosse interessante o suficiente para um rapaz que se gabava de pertencer à rica e culta burguesia veneziana. No entanto, aquele vago sentimento de atração permaneceu pairado no ar sem nunca ter tido tempo de tomar forma, desvanecendo ao longo dos anos.

Voltamos a nos falar depois que cada um de nós tinha vivido sua própria vida, ignorando a existência um do outro, trocamos número de telefone e começamos a nos escrever quase diariamente, dando vida a um mecanismo de curiosidade mútua e sedução sutil. Com o passar dos meses, conversávamos todas as noites: ele me dedicava horas e horas durante seus plantões noturnos. Contou-me coisas que eu jamais poderia ter imaginado, confessando que, quando tinha me conhecido, vinte anos antes, ele tinha ficado tão fascinado e tão admirado que se apaixonou por mim. Na época, eu tinha me dado conta de sua atração por mim, mas ter a certeza agora me surpreendia e lisonjeava. Eu também tinha ficado intrigada por ele, mas não tinha ido atrás, pois havia outros interesses naquele período. Depois de vinte anos, eu estava curiosa pela ideia de encontrá-lo; não tinha noção de como ele havia mudado depois de tanto tempo; pensava que havia perdido todo o seu cabelo, os dentes, e de ter uma barriga enorme, coisas que eu não acreditava, certa de que estava criando uma aura de mistério e falsa imagem com o objetivo de me pegar de surpresa. Combinamos de nos ver no dia 3 de abril, um dia após meu retorno à Itália para as férias de verão.

Quando nos encontramos em Roma, confirmei minhas suspeitas: ele tinha chegado bem aos seus cinquenta anos, bonito como quando era jovem, com alguns quilos a mais e cabelos grisalhos, tinha mantido um certo charme. Tínhamos combinado de nos encontrar perto de um bar, o Bar do Pino, aonde chegamos na mesma hora. Nós reconhecemos imediatamente e cumprimentamos felizes pelo reencontro. Tomamos um café e um capuccino, um pouco embaraçados embora entusiasmados. Quando começamos a caminhar e conversar, a tensão diminuiu, passeamos pelo centro de Roma, que naquele dia estava mais esplêndida e ensolarada que nunca. Pouco acostumado a escutar, ele falava sem interrupção, contava de si mesmo, do trabalho, de sua paixão pela arte, da qual tinha grande conhecimento. Eu o escutava fascinada por sua grande cultura artística; ele prodigava sobre descrições detalhadas das igrejas e pinturas que víamos, eu me sentia bastante ignorante: vivendo por tanto tempo em países em desenvolvimento, eu tinha tido pouco acesso ao mundo da arte italiana, o que na verdade me interessava relativamente. Sua eloquência me captava, chamava minha atenção enquanto entre nós se instaurava uma harmonia inexplicável, uma espécie de felicidade por termos nos reencontrado, o que acabou no final do dia antes de partir num beijo inesperado, que deixou um gosto doce em minha boca, dando início a algo que me deixou turbada sem que eu entendesse. O talvez sim.

"Um dia lindíssimo, mas difícil, feliz de ter te encontrado novamente, uma sensação estranha... Eu me senti desajeitado, pequeno e talvez até um pouco patético, um retorno ordinário, um retorno a um porto seguro, as velas abaixadas, os ancoradouros fundidos, o barco seguro. Noite sem dormir pensando e repensando ao vento doce, mas calmo que nos acariciou ontem; respiramos a mesma brisa, contando um ao outro sobre nossas solidões perfeitas, a sua feita de sacrifício e dor, entusiasmo e desconforto, a minha

feita de falsas certezas. Lindo, mas isso pesa sobre mim, me fez perceber o quanto eu te desejei, sem nem te merecer! Você me fez sentir um covarde como vinte anos atrás, por fazer parte de um teatro da vida em que todos os dias eu represento meu papel de cor, sou bom, tão bom em fingir, mostrando-me verdadeiro aos outros. Uma máscara que não fui capaz de remover nem mesmo na sua frente. Eu vi seus olhos vívidos, ir além, capaz de ver além do que é supérfluo. Sua capacidade de ser simples, direta, sem filtros, verdadeira e, acima de tudo, livre, me desarma. Eu gosto de você, mas nem sei como dizê-lo, e sobretudo, como mostrá-lo; me dei conta de que sou um perfeito estranho em sua vida, e que tive a sorte de encontrá-la. Incapaz de amar.

Recebi essa mensagem no dia seguinte. Algo nas entrelinhas me dizia que voltaríamos a nos encontrar, assim de instinto, o convidei para voltar a Roma, movida por um sentimento inacabado que havia ficado entre nós. Ele voltou para mim dali a alguns dias.

Passamos uma noite inesquecível na qual fui capturada pelo seu olhar doce e sonhador, pelos seus sussurros, pela sua maneira terna e meiga de fazer amor. Me olhava como se eu fosse uma deusa, como se amasse desde sempre, as luzes suaves do quarto de hotel, o cheiro de lavanda, tudo com uma luz mágica que me levou para além da realidade. Foi como se, de repente, o amor (se é que eu já o tivesse experimentado até então?) tomasse forma e me envolvesse como um tecido sedoso e, como num filme, eu estava vivendo a essência do mistério do amor. Ali estava eu, em seus braços, como se toda a minha vida tivesse esperado por aquele momento e por aquele homem. Afundei minhas raízes na poesia de seus beijos e no calor de seu corpo e uma sensação de paz e de proteção me invadia, como uma criança no ventre de sua mãe. Suas mãos me envolviam, me abraçavam forte e eu esquecia que aquela história tinha em si a semente da perigosa fragilidade, já que ele tinha uma família e uma vida da qual jamais teria abdicado. Fiquei enfeitiçada por aquela noite juntos e por vários dias não conseguia pensar em outra coisa. Cancelei todos os compromissos que tinha assumidos porque queria parar o tempo e não me distrair com mais nada. Eu estava aturdida pelo tempo que havia passado com ele: não entendia se era verdade ou apenas um sonho, parecia-me que finalmente havia encontrado aquele amor que sempre quis e que nunca havia conhecido realmente. Quando chegou a hora de dizer adeus, senti um aperto em meu coração: não era justo que se restabelecessem as distâncias temporais e espaciais que nos iam separar por meses, anos ou décadas a seguir. De repente, me pesava saber que existia, como sempre tinha sido, uma vida dele sem mim, sua vida além de mim e a minha sem ele. Não conseguia aceitar que eu voltasse à minha vida como se nada tivesse acontecido, e ele voltasse à dele.

Depois daquela noite, Gabriele desapareceu e eu retornei à Tanzânia. O seu silêncio gritava para que eu pusesse um fim a essa relação por óbvios motivos complicada, mas eu não sabia nem queria ouvir, deixando de lado a determinação e a força para cortá-la pela raiz. Estava correndo o risco de entrar em um labirinto sem saída, mas aquilo que havia acontecido era lindo e profundo demais para acabar no nada.

Depois de uma semana, recomeçou entre nós a troca diária de mensagens por telefone, dando continuidade à noite mágica de Roma. Rios de palavras de amor e de votos transpunham a distância que nos separava e preenchiam nossos dias, dos quais compartilhávamos os pequenos detalhes. Mesmo durante o trabalho, passávamos várias horas escrevendo ou telefonando um ao outro, eu da Tanzânia e ele de Veneza. Tínhamos vidas muito diferentes e compartilhar a realidades opostas que vivíamos era também nosso encanto. Não era raro que ele desaparecesse por dias inteiros sem explicações, especialmente no fim de semana, o que criava em mim um certo mal-estar que, embora a distância fosse grande, eu não conseguia esconder.

— A vida nos dá momentos de felicidade para vivermos juntos dos quais não podemos desistir, porque são momentos únicos e preciosos — dizia, e eu, apesar de tudo, concordava

Depois de alguns meses, ele de surpresa foi me visitar na Tanzânia, onde ficou por dez dias. Foi um dos parêntesis mais bonitos da nossa história, uma lua de mel. Passamos a primeira semana em Dar es Salaam, depois viajamos por Bariadi, com o objetivo de identificar em quais tipos de projetos investir outros fundos coletados durante iniciativas que ele havia organizado por conta própria. Definimos essa nossa colaboração como *O Bem Confuso*, um bem que nascia de nós e ia além de nós. Um amor que ia além do nosso laço, disfarçado de amor universal, amor pelo próximo. Foram dias de felicidade absoluta nos quais o mundo me parecia maravilhoso, a felicidade tomava forma e beleza, parecendo-nos viver no Eden. Horas e horas na cama fazendo amor, rindo, conversando. Existíamos somente nos dois e em nosso grande amor. A África, com sua terra vermelha e as suas cores brilhantes, tornava-se o lugar mais extraordinário onde viver, embora os meses precedentes na Tanzânia tivessem sido bastante difíceis. A sintonia entre nós foi perfeita desde o começo até o final de sua estadia.

Uma noite, enquanto estávamos jantando à beira do Lago Vitoria, falamos sobre nossa situação, do presente e do futuro.

— Me incomoda que você tenha tido outras histórias antes de mim.

— Che tolo! Você também teve histórias! Em vinte anos cada um teve sua vida, seus amores. E você até se casou.

— Sim, mas você teve muitas.

— Eu vivi minha vida sozinha sem nunca me casar, é normal que de vez em quando tenha tido um companheiro, mesmo que na maior parte dos casos não deu em nada. Agora de qualquer forma nos reencontramos, nos apaixonamos ou apaixonamos novamente, já que você diz que sempre foi apaixonado por mim, nos amamos, é uma segunda chance que a vida nos está oferecendo. De que adianta ter ciúmes do passado se podemos ter um presente ou um futuro?

Nossa relação era insustentável, ele não podia me dar aquele amor total que eu precisava e eu não podia aceitar o fato de ter que dividi-lo, permanecendo sempre na sombra de sua vida, como ele me pedia tacitamente. Falamos e discutimos por várias horas até chegar à conclusão de que fazia mais sentido, por mais doloroso que fosse, por um fim à nossa história. O Lago Vitoria, com toda sua beleza e sua imensidão, constituía o triste cenário para nossa angustiada decisão, havia paz e silêncio ao nosso redor e só se ouvia o eco da nossa dor pela separação para a qual não estávamos preparados. Era preciso de muita força para desistir da felicidade que vibrava entre nossos dedos e, por mais que tentássemos, não tínhamos nenhuma força. Voltamos ao hotel profundamente amargurados e desconcertados pela nossa própria decisão. Nos abraçamos na tentativa de englobar todo o amor que nos unia, mas depois dos primeiros tristes beijos, terminamos fazendo amor com todo o desespero e com toda a paixão de uma relação que nos mantinha acorrentados e que nenhuma força de vontade, por mais grande que fosse, podia quebrar. As palavras amargas que tínhamos dito horas antes foram varridas pela brisa leve do Lago Vitoria, cenário único de uma das muitas tentativas fracassadas de término. Nos dias seguintes, nos encontramos mais apaixonados e enamorados que nunca.

Um mês depois da sua viagem a Dar es Salaam, voltei à Itália para as férias e, após uma semana em Puglia, numa tentativa de correr para o aeroporto para antecipar o voo que me levaria a Veneza, acabei tropeçando nas escadas da minha casa e fraturei meu braço a tal ponto que foi necessária uma cirurgia. Nessa ocasião, ele esteve muito próximo de mim, tomando todo o tempo para cuidar de mim e me dando carinho. Eu não estava acostumada a ter alguém que cuidasse tanto de mim, que me desse presentes e se preocupasse comigo; sempre tinha vivido sozinha, nunca ficava doente e ser objeto de atenções de alguém me fazia sentir quase constrangida. Durante minha convalescência, passamos muito tempo juntos, viajamos por várias cidades italianas, vivendo momentos intensos de nossa história: aprendi a apreciar a arte, a boa comida, a política, falávamos muito e de tudo, eu adorava escutá-lo quando falava com seu sotaque veneziano e me fazia rir quando mudava seu sotaque e imitava o romano, o apuliano, o siciliano. Em Dar tínhamos passado uma tarde inteira conversando em dialeto de Gravina, declarando nosso amor um pelo outro em uma língua que provocava nossas risadas entre abraços e beijos. Era bom rirmos juntos, quanto mais nos conhecíamos, mais nos apaixonávamos. Nossa afinidade ia além de qualquer coisa, "além" era nossa palavra preferida e talvez também a essência de nossos sentimentos um pelo outro.

— Você me ama?
— Para além.
— E você?
— Para além.

Nossa harmonia chegava à perfeição. Quando estávamos juntos vivíamos em um tal estado de fusão que nos imaginávamos como duas peças de pongo, um amarelo e outro azul, que, misturadas e moldadas, se tornavam inseparáveis em uma única peça verde. Nos sentíamos "verdes", especialmente depois de fazer amor. A magia de estar juntos era uma fórmula matemática segundo a qual um mais um era igual a um, nós quebrávamos a precisão e a exatidão dos cálculos matemáticos e éramos "um", o que tornava tão única quanto extraordinária nossa relação. Gabriel me fazia sentir linda e sexy como nunca, embora eu nunca tivesse pensado em mim como tal.

— Você é a obra de arte mais bonita que eu já vi. A arte se realizou em você.

Vindo de um esperto de arte, era um elogio mais que lisonjeiro. Ele me apelidava de "amor grande", "grande amor", me dedicava canções de compositores que eu não conhecia, *A Cura*, de Franco Battiato,

A te, de Jovanotti, e muitas outras, dando-me a sensação de que eu fosse o centro do mundo, pelo menos do dele. "Eu te amo, Vi", repetia para mim. "Eu nunca amei tanto". Me enchia de presentes, trazia sempre geleias sem açúcar que achava em sua cidade e que assumíamos que não se encontravam na minha, mesmo que com certeza poderiam facilmente ser compradas no supermercado Coop, mas era seu jeito de me mostrar seu amor e eu adorava isso. Ele me amava muito, com certeza mais do que eu me amava. Ou assim eu pensava.

No dia 24 de dezembro de 2017, sabendo que ele estaria trabalhando na noite de Natal, quis fazer-lhe uma surpresa que imaginei como a mais doce e romântica da minha vida, uma iniciativa de adolescente que, ao planejá-la, me enchia de alegria. Gabriel sabia que eu estava em Gravina, para onde eu estava indo no dia anterior em uma viagem que tinha interrompido exasperada pelo trânsito absurdo que havia encontrado.

— Me deixem em Cassino, por favor, vou pegar o primeiro trem para Roma — disse aos amigos Rosa e Mauro, com quem eu estava no carro, enquanto em minha mente, que explodia com o desejo de rever Gabriel, tomava forma a ideia de alcançá-lo em sua cidade sem que ele esperasse.

Fui ao cabelereiro, comprei um suéter vermelho e uma saia que combinava, preparei uma lasanha com todo o amor que sentia dentro e peguei o trem para Veneza. Estava ansiosa para desejá-lhe um feliz Natal pessoalmente, levar seu presente, dar-lhe um beijo e um abraço para depois ficar em um hotel perto de onde ele trabalhava, sob o mesmo céu, com a esperança de passar algumas horas juntos na manhã seguinte antes de retornar para Roma. Mas minha iniciativa inesperada, em vez de agradá-lo, acabou irritando-o, o que para mim era uma demonstração de amor e paixão por ele foi interpretado como uma invasão de seu espaço e tempo. Ficou alarmado, nervoso e irritado a tal ponto de se recusar a me encontrar, achou péssima a ideia de ter ido fazer uma visita surpresa na véspera do Natal, e era inútil explicar-lhe que eu só queria dizer "oi", reduzir a distância física e dar-lhe o jantar que eu havia preparado. Tinha deixado a lasanha na portaria e, como ele não tinha me ligado, depois de algumas horas foi eu quem ligou.

— O que você está fazendo aqui na cidade? — perguntou num tom glacial.

— Queria te fazer uma surpresa — respondi enquanto meu entusiasmo desvanecia.

— Você sabe que eu trabalho esta noite! Por que você veio? Onde você está?

— Não importa. Deixa para lá.

Eu estava hospedada em um hotel a duzentos metros dele, mas não disse nada quando entendi que havia cometido um erro. As indiretas que se seguiram foram aviltantes, sendo impossível de nos entender, a discussão telefônica ficou cada vez pior.

— Boa noite e feliz Natal, por mais paradoxal que isso soe dito a cinco minutos de distância.

— Boa noite e feliz Natal, apesar do paradoxo.

— Nós sempre fomos um paradoxo e eu tinha que chegar a esta noite para entendê-lo. Um paradoxo absurdo e ridículo — concluí, amargurada.

Aquela noite adquiria um significado pesado e decretava mais uma vez o fim da nossa história. Não esperava nem estava preparada para essa eventualidade, o que me fez afundar. Fiquei tão decepcionada e mortificada que, para poder lidar com isso, fui comprar uma garrafa de vinho e bebi a metade enquanto chorava, me sentindo uma perfeita idiota. Chorei lágrimas amargas de raiva de mim mesma, lágrimas de decepção, de derrota, até adormecer entontecida pelo vinho e a dor de cabeça, vestindo o chapeuzinho de Natal que deveria ter sido o símbolo da minha surpresa e a camisola preta de La Perla que havia me dado de presente.

Na manhã seguinte, pedi a ele que pelo menos passasse para dizer "oi".

"Quero meu abraço de feliz Natal, apesar de tudo", escrevi numa mensagem. Me ignorou.

"Não vai nem passar para um oi?", insisti duas horas após a mensagem anterior.

Nenhum sinal de vida de sua parte. Nenhuma resposta. Com um sentimento de fracasso no coração, me dirigi para a estação de trem, esperando até o último momento por uma mensagem, mas nada; me deixou ir embora sem uma palavra, como se eu lhe tivesse feito uma afronta, uma ofensa. Voltei para Roma com o coração partido, convencida de que não podia perdoá-lo, era hora de dizer "chega" ao nosso relacionamento que já durava muitos meses. Depois de ter me deixado passar as férias de Natal em absoluto silêncio, me enviou um poema de Charles Bukowski.

Eu não parei de pensar em você, gostaria tanto de poder lhe dizer.
Gostaria de lhe escrever que queria poder voltar, que sinto sua falta e que penso em você.
Mas eu não te procuro.
Eu nem sequer escrevo olá.
Não sei como você está. E sinto falta de saber.
Você tem planos?
Você sorriu hoje?
O que você sonhou?
Vai sair? Para onde você está indo?
Você tem sonhos?
Comeu hoje?
Eu gostaria de poder te procurar.
Mas não tenho a força para isso. E você também não.
E então continuamos a nos esperar em vão.
E pensamos um ao outro.
E lembre-se de mim.
E lembre-se que eu penso em você,
que você não o sabe, mas eu vivo você todos os dias, que escrevo sobre você.
E lembre-se que procurar e pensar são duas coisas diferentes.
Eu penso em você, mas não te procuro.

Ele pediu para me ver novamente, mas nosso tempo, assim eu pensava, tinha acabado. Eu queria convencê-lo, mas acima de tudo eu queria convencer a mim mesma.

"*Nos vermos novamente para quê? Para dizer o que já não nos dissemos? Para falar sobre o que aconteceu na véspera de Natal? Eu já te expliquei minhas intenções puras e ingênuas de uma estúpida e adolescente "loucura de amor". Você entendeu mal, tomou uma atitude cruel, pediu desculpas e nos esclarecemos. E tudo isso poderia morrer aqui. Não tenho vontade de ouvir mais comentários, balanços. Ao longo do tempo comentamos até demais. Estou cansada, exausta, desmotivada. Como temo que você também esteja esvaziado de tudo o que sempre extraí de você sem nunca querer ou saber como entender que você não poderia me dar mais. A essa altura, o que já foi passou, com seus momentos belos e aqueles ruins. A história e a vida são feitas dessas coisas. Na noite de Natal, depois de seus telefonemas gélidos, percebi, além da nossa situação sem solução, o quanto frágil e vulnerável eu possa ser em suas mãos e quanto abismal possa ser a profundeza que posso alcançar quando se trata de amor. Eu não sei como me proteger. Nunca fui capaz de fazê-lo. Eu afundo. Eu me afundo até o improvável. E então, somente com o tempo (meses, anos) volto a me recompor. É devastador para mim. Masoquista. Injusto. Não tenho mais vontade de escaladas extenuantes, nem de humilhação, nem de frustração. Eu já paguei o suficiente pelos meus erros. Nos encontramos em um momento errado tanto na primeira como na segunda vez e, em ambos os casos, não conseguimos fazer as escolhas que poderiam mudar nosso destino. Mas também as não escolhas são escolhas, por mais retórica que seja essa afirmação. Tentamos conciliar nossas necessidades; fizemos o melhor que pudemos, mas, claramente, nossos esforços e boa vontade não foram suficientes. É impossível conciliar nossas necessidades e exigências. E reconheço minha total incapacidade de me adaptar e aceitar a situação. Bem, a verdade é que há um limite para tudo. Houve um limite para aquele "para além" do qual fomos tão felizes e orgulhosos. E, como você tem dito repetidamente nas várias tentativas de encontrar uma saída, não podíamos mais ir além daquele "para além" do qual já não tínhamos controle. Acabamos sabendo que vivemos alguns bons momentos. Uma bela história de amor, tão intensa e verdadeira quanto sofrida e dolorosa. Nenhuma falha, nenhuma acusação. Simplesmente não podia (não mais) funcionar também porque nos desgastamos, transformando tudo em dor (tomo emprestada esta frase de uma música brasileira, do título EX AMOR, que diz "Nos desgastamos transformando tudo em dor...". Te desejo tudo de bom. Vamos aprender a sentir falta um do outro e a viver com nossa ausência recíproca. Ausência do WhatsApp, do telefone, das chegadas felizes na estação e das partidas sempre um pouco "dramáticas". Ausência dos encontros apaixonados feitos de ternura, beijos e abraços, "casa", risos, dialetos e bobagens, "cacio e pepe". Ausência das discussões, das caras fechadas, das lágrimas e de muitas outras coisas que guardaremos em preciosas memórias. Não será fácil se acostumar à perda de tudo isso. Tentamos muitas vezes terminar e voltamos sempre atrás, mas eu gostaria que esta fosse a última, antes que minha vida se torne um inferno. Eu não quero comentar nem me deter sobre o que o término significará para você. Você lidará com sua dor, da qual eu não tenho ideia, como achar melhor. Voltemos às nossas perfeitas solidões, que apesar de tudo, por quase nove meses conseguimos manter às margens das nossas existências reciprocamente. Te levarei em meu coração e sei que você também irá me guardar no seu."*

Não havia compatibilidade de vida entre nós nem nunca haveria por que eu era incapaz de aceitar a sua situação e ele considerava impossível alterar seu *status quo* como pai e marido. Gabriel não podia estar lá para mim, nem naquele momento nem nunca, embora tivesse me dito uma vez: "Não existe de termos encontrados um ao outro apenas para nós perdermos novamente", e eu tinha me iludido achando que jamais nos deixaríamos outra vez.

Entre as discórdias e os obstáculos que diminuíam nossos encontros, tudo havia se tornado mais complicado e eu sofria terrivelmente. Não sabia se me sentia pior nos períodos entre um encontro e outro ou pela ideia de nunca mais vê-lo. Na verdade, não havia muita diferença, eu me consumia em ambas as situações. O que Gabriel oferecia era um *amor-ausência*, o oposto do *amor-presença* pelo qual eu ansiava.

— Gostaria de voltar para casa e saber que encontrarei uma pessoa que espera por mim, que me abrace e me beije; uma pessoa com quem possa compartilhar meu dia, as emoções e depois dormir juntos — eu tentava explicar.

Por cerca de dois anos, nosso relacionamento tinha sido alimentado por encontros escondidos e roubados, brigas, términos e negociações. Amor e paixão que se rompiam e se renovavam em perfeita harmonia cada vez que nos encontrávamos de novo. Contudo, quando estava com ele, tudo a minha volta se apagava e eu encontrava paz, esquecia os problemas dos pacientes, as dificuldades da nossa relação e me sentia segura, seus braços me davam a sensação de estar em casa, onde me sentia protegida e mimada.

Quando tudo ia bem, nosso amor tinha a força da energia cósmica que, quando voltava a crescer, nos proporcionava momentos únicos. Uma vez, não podendo eu ir até a estação de Tiburtina buscá-lo como de costume, combinamos de nos encontrar em Valle Aurélia, de onde teríamos continuado juntos até a casa; pegamos o metrô em estações diferentes, mas a força de atração foi tão forte que não só peguei o mesmo metrô que ele, mas subi no mesmo vagão em que ele viajava: havia uma chance em mil de que tal coisa acontecesse, pois o metrô passava a cada três minutos, mas tinha acontecido conosco. Incrédulos, nos abraçamos entusiasmados e felizes em nos encontrarmos, arrancando sorrisos dos passageiros que notaram a singularidade e a beleza do nosso encontro. Quando me pergunto o que é a felicidade, penso naquele momento e em outros parecidos e me convenço de que, por mais que algumas histórias sejam erradas, sejam um blefe, uma ilusão, vale a pena vivê-las, nem que seja pelo luxo de viver tais momentos. Eu amava Gabriel, o amava tão intensamente que tinha quase medo de admiti-lo e ainda mais medo de dizê-lo, embora fosse tentada a fazê-lo cada vez que olhava em seus olhos ou que ficávamos em silêncio. Sempre que ele conseguia achar um dia para mim, eu ficava deitada em seu peito sem dizer nada, agarrada aos sentimentos que nutria por ele. Sem palavras, ao seu lado vivia o amor silencioso, a harmonia da mente, do corpo e da alma. Podia me fechar em seu abraço e ficar lá por horas e horas, ouvindo apenas seu coração, sua respiração... adormecendo, acordando. Voltando a dormir. Sem dizer nada. Sem fazer nada. Essa era nossa verdadeira intimidade, sem roupas, sem o mundo exterior, sem ruídos ou pessoas, apenas nós, nossos corpos. Nossa pura essência. Para mim essa era a paz do espírito, o momento em que eu perdia o sentido da realidade, esquecia o resto do mundo e me perdia no doce naufrágio "*leopardiano*".

Procurávamos desesperadamente um equilíbrio, mas não tínhamos nem nunca teríamos um equilíbrio. Era tudo um *up and down*, um alternar entra a calma e a tempestade. Paixão e desespero. Risos e lágrimas. Era utopia falar de equilíbrio. Meu equilíbrio era o que eu encontrava em seus braços, quando viajávamos ou ficávamos juntos, quando ia buscá-lo na estação, ou quando ele ao ir embora me dizia que logo voltaria. Esse era meu único equilíbrio, o resto era tempestade, drama. Nossa história era tudo menos equilíbrio e talvez era isso que a deixava bonita. Era cheia de delírios, de contradições tremendamente instável, baseada em um conjunto de elementos confusos, misturando a força da paixão e a fragilidade da situação, o idílio e o abismo.

Com o passar do tempo, as tensões começaram a se intensificar num crescendo rossiniano que preanunciava a inexorável e temida ruptura. Sem nos darmos conta, nossos sentimentos começaram a se desgastar e quebrar; as mensagens cada vez mais cheias de negatividade e desconfiança começaram a desvanecer. Eu tinha a sensação de que ele exigia tudo de mim, dando apenas migalhas em troca; assim sendo, tolerava cada vez menos a situação. Gabriel também andava mostrando sinais de cansaço e uma impaciência mútua que nos levava a acusar um ao outro de falhas e responsabilidades que provavelmente não tínhamos. Palavras amorosas tinham dado lugar à aversão. Ele me fazia sentir errada, especialmente quando me acusava de egoísmo e egocentrismo.

— Você acha que tudo gira em torno de você?

Não faltavam ocasiões em que eu me sentia menosprezada, julgada e em constante necessidade de me justificar, como se fora a encarnação do "socially and politically uncorrect." Por outro lado, eu ironizava sobre sua vida burguesa em um cenário perfeito de família feliz.

Não só não havia futuro para nós, mas tampouco havia um presente.

— Somos só ausência, a essa altura — eu repetia.

Ausência. Distância. Ciúmes. Sofrimento. Uma combinação impetuosa que com o tempo teria destruído qualquer relação. Tínhamos resistido por mais de dois anos, quase três, porque éramos "algo mais", mas isso tudo chegava ao fim, fim que tentávamos esquivar, buscando um ao outro apesar de tudo, para depois nos golpear e ferir reciprocamente.

O inevitável tinha se desencadeado a esse ponto, o encanto acabado. Para me resignar de sua perda, tentava analisar nossa história de forma objetiva. Tentava me convencer de que o esquálido papel de amante que eu havia deixado que ele costurasse em mim e que havia aceitado era mesquinho. De repente, comecei a reavaliar com pesar certos comportamentos dele no tempo: a atenção cirúrgica com a qual havia evitado me apresentar aos seus amigos ou a qualquer pessoa de seu círculo; e a indiferença com a qual havia desaparecido por dias ou semanas inteiras, sentindo-se no direito de não me dar qualquer explicação. O que eu tinha vivido, ou pensava ter vivido, tinha sido apenas uma ilusão? Ou talvez eu estivesse procurando motivos para minimizar o gosto amargo da perda? Ele estava renunciando definitivamente a mim em nome da "verdade nua e crua" de que entre nós nada mudaria, ele não teria mudado sua vida, o que era motivo suficiente para se retirar da cena.

Tudo desmoronava e nos colhia impreparados. Eu, ainda prisioneira de um feitiço que beirava a loucura, sentia-me perdida e voltava a procurá-lo sem mais encontrá-lo, sentia sua falta insuportavelmente e temia que estivesse enlouquecendo. Rejeitava a ideia de que ele pudesse estar bem sem mim, incapaz de acalmar minha alma em outros braços que não os dele.

O que levou tudo ao precipício foi sua viagem com toda a família à Tanzânia, o país que tinha nos pertencido mais que tudo. Ele o escondeu durante todo o verão, até dois dias antes da viagem, mentindo segredo sem nenhuma vergonha e quebrando o pacto que tínhamos jurado no início da nossa relação, "verdade sempre e a qualquer custo", um pacto de confiança que tinha nos permitido manter nossa relação apesar de tudo. Na minha cabeça, a Tanzânia representava nossa terra, o lugar onde tínhamos nos reencontrado após mais de vinte anos, país que tinha sido nosso ninho de amor por dez dias e que simbolicamente nos pertencia. O pedacinho de África onde havia brotado nosso sagrado e profundo *Bem Confuso* estava sendo profanado dessa forma. Claro, isso era apenas a minha percepção do tudo, Gabriel tinha suas próprias razões para aquela viagem, ou pelo menos assim disse, mas eu nunca o perdoei por tê-la planejada meses antes sem nunca me dizer nada e mentindo com a naturalidade de um ator até o fim. Eu o descobri por acaso e fiquei chocada, sentindo-me enganada enquanto o mundo caía sobre mim. Poucas vezes havia experimentado uma sensação tão desarmante e desagradável. Além da viagem, sobre quantas outras coisas tinha mentido? De repente, eu não conhecia mais quem era o homem que eu amava. Quem era Gabriel? Apenas um mentiroso? Desde quando mentia para mim?

— Se ele mente aos outros sobre você, ele deve mentir para você também — tinha me avisado minha amiga Donatella no jantar uma noite em Modena, para onde tínhamos ido ver o Festival da Filosofia.

Deus, como essas palavras soavam verdadeiras nesse momento. Eu tinha sido uma imbecil ao acreditar que ele só me diria a verdade, como tínhamos prometido. Traída na confiança, estava transtornada. Tínhamos estados juntos apenas uma semana antes e amando-nos sem vislumbres. Não entendia por que ele havia escolhido logo a África que nos pertencia, não conseguia nem engolir nem reagir. Depois de um telefonema no qual dei vazão à minha raiva: "Te odeio! Nunca mais me procure e fique longe de Emily", o intimei, apaguei e bloqueei seu número do meu telefone, amaldiçoei o dia em que nos encontramos e jurei a mim mesma que o tiraria da minha vida para sempre. Daquele momento em diante, uma dor profunda se apoderou de mim, rasgando minha alma. Afundei em um estado de depressão catatônica, um vórtice sem fim.

15.

Afundando

Há meses eu lutava para aceitar a ideia de que tudo havia mudado e que o meu caso com Gabriel havia acabado, que a ânsia e a vontade de nos vermos, que nos fazia atravessar mares e montanhas no passado, haviam morrido. Dentro de mim havia um vazio absoluto no qual me sentia perdida. Ele era tóxico e eu continuava a me alimentar da sua toxicidade, pois era o que me permitia sobreviver. Apesar de tudo, continuava a procurá-lo, me magoando, percebendo que ele estava cada vez mais cansado e a incapaz de estar comigo. A paixão que nos havia tornado "verdes" havia se esgotado, dando lugar ao preto da negatividade, que se apoderava cada vez mais de nós. Não nos entendíamos mais, discutíamos cada palavra, travávamos uma guerra um contra o outro, um vai e vem de recriminações e palavras de desprezo.

Consciente de meu masoquismo, eu me sentia presa em uma dor que não sabia e não queria superar; continuava a cavar com as unhas no fundo do poço do meu mal-estar e no meu afundar também levava para o abismo Emily e as pessoas que mais me amavam e que continuavam a estar do meu lado. Dormia e chorava, chorava e dormia, me desligava do mundo e da vida fechada em minha bolha toxica de dor e apatia. O que será que está fazendo Gabriel? Será que ele voltou à sua vida cotidiana, à sua vida sem mim? Será que ele voltou a fazer amor com sua mulher? Será que ainda pensa em mim? O que ele sente por mim agora? Com quem ele está? O que está fazendo? Será que já tem uma nova amante? As muitas perguntas que eu me fazia se tornavam uma obsessão que me torturava, especialmente à noite, quando não havia espaço para nada além da memória e da necessidade dele. Assim, eu me levantava, vasculhava as gavetas e me empanturrava de ansiolíticos e comprimidos para dormir para tentar descansar um pouco. Gabriel tinha se tornado um membro fantasma que me causava dor, mesmo que tivesse sido amputado. Muitas vezes, quando estava sozinha, abria uma garrafa de vinho e bebia taças e taças para afogar a dor, que lentamente sumia entre os vapores alcoólicos ou, talvez, fosse um mero atordoamento. Sem que me desse conta, a bebida se tornou minha companheira, meu refúgio, entrava em mim, me englobava com seu abraço pérfido e me acalmava, dando-me a ilusão de ficar flutuando ainda que, na verdade, eu estivesse afundando. Aliviava meu sentimento de abandono. Assim que Emily saía, eu procurava algo de alcoólico para me entorpecer e depois dormir. Prestava atenção para que minha filha não notasse o quanto eu sofria e quanto bebia, mas ela logo percebeu apesar dos meus esforços, porque me conhecia bem e não era difícil para ela notar a minha falta de lucidez quando voltava para casa. Sempre que acontecia, era como se uma barreira de tijolos se colocasse entre mim e Emily, um depois do outro, até que se construiu um muro tão alto que eu não conseguia mais vê-la, um muro que impedia que ela estivesse ao meu lado. Eu a aborrecia e ela me ignorava, eu não tomava conta dela e ela voltava para casa cada vez menos, preferindo a companhia de seus amigos à minha, assim, pela primeira vez em vinte e quatro anos, nossa relação era posta à dura prova e começava a desmoronar. Eu tinha perdido meu "centro de gravidade permanente" e sem ela se concretizava sempre mais a aversão que eu sentia por mim mesma e que me fazia afundar. Me sentia errada: errada como mulher, como mãe, como pessoa; eu odiava tudo em mim: minha patética autopiedade, minha incapacidade de reagir de forma digna, meu abuso de psicofármacos e às vezes de álcool, um círculo vicioso que se autoalimentava, um redemoinho que me arrastava cada vez mais fundo, para um fundo sem fim.

 Sentia que não podia superar meu momento de depressão sozinha, que era acompanhada por ataques de pânico e ideias suicidas, então decidi ir a uma psicoterapeuta que me ajudava a entender, em parte, as razões do meu desnorteamento.

 — Você não tem raízes desde a infância, você é uma árvore que se enraizou em uma história de amor, e com o fim da relação, as raízes se romperam, desestabilizando-a. É claro que uma árvore, por mais robusta que seja, não pode ficar sem raízes.

— Sim, é assim que eu me sinto, uma árvore sem raízes. Eu tinha colocado minhas raízes nos braços de Gabriel. E agora?

— Essas raízes se dissolveram com o dissolver-se de seu abraço. Você não pode continuar a criar raízes nas relações amorosas. Você terá que recomeçar de si mesma e de seus afetos mais estáveis. Suas raízes não devem flutuar na água, mas se agarrar à terra sólida.

Gabriel tinha sido minha casa, o homem que tinha satisfeito minha necessidade atávica de afeto e tê-lo perdido havia feito com que eu desmoronasse. Meu corpo engolia a si mesmo, meu estômago parecia tão pequeno que me impedia de comer. Emagrecia cada vez mais, meu rosto envelhecia, meus olhos estavam opacos e eu me sentia como um pequeno verme inútil, "uma caca", como eu costumava me definir.

Naquele período de devastação psicológica e física, encontrei apoio e amizade em Mammhoud, um rapaz tunisiano da mesma idade que Emily, que eu havia adotado como filho, quando trabalhava no centro de acolhimento, do qual ele foi expulso dois anos antes. Naquela época, como sua médica, eu o acompanhei para garantir que recebesse seus medicamentos e suas visitas especializadas. Ele dormia na rua e tinha problemas com a regularização do visto, como a maioria dos migrantes, além de ter graves doenças psiquiátricas. Havia deixado a Itália para ir à França, depois voltou novamente para a Itália sem nunca parar de me procurar para me dar notícias. Ele havia voltado a Roma há alguns meses e nos encontrávamos com frequência. Mammhoud não tinha casa, nem documentos, nem trabalho, eu gostava tanto dele que lhe abri as portas da minha casa, onde às vezes ele tomava banho, comia e dormia. Nesse meu período sombrio, compartilhávamos vinhos e licores que eu adorava, era mais divertido beber com meu amigo; passávamos horas falando sobre suas dificuldades existenciais, desde quando ele estava na Turquia até quando foi embora, deixando sua família e seus projetos.

Havíamos bebido algumas cervejas em uma noite quando, ao som de música brasileira, Mammhoud me convidou para dançar. Pareceu-me engraçado, mas aceitei seu convite, então começamos a dançar ao redor da mesa. Emily voltou para casa depois de ter passado o dia inteiro na biblioteca ou no trabalho.

— Ei, Emily, vem dançar você também! — convidei-a alegremente num momento de inocente despreocupação.

Ela, irritada, foi direto para o quarto sem nem olhar para mim e fechou a porta. Ela não gostava da presença de Mammhoud em casa, nem queria que ele dormisse no sofá. Como eu ignorava a sua objeção em nome da minha amizade e solidariedade por Mammhoud, a tensão entre nós aumentava, criando um mal-estar recíproco.

Apesar dos momentos de obvia tensão, Emily tentava ao máximo me acudir e aliviar meu sofrimento, saindo comigo, tentando passar mais tempo comigo e dormindo comigo, como se eu fosse a criança e ela fosse a mãe, numa inversão de papéis na qual eu me deixava levar, sem ser capaz de me opor.

— Mãe, você tem certeza de que não trabalha na sexta-feira?

— Sim, é meu dia de folga, por quê?

— Eu queria convidar alguns amigos para o almoço e gostaria que você estivesse também para me ajudar a prepará-lo.

— Sim, claro, pode deixar.

Mas na sexta-feira eu não tinha nenhuma vontade de me levantar depois de uma noite insone e angustiada.

— Levante-se, mãe, por favor!

— Estou com sono, quero dormir!».

— Mas é importante.

— Cinco minutos.

— Não há tempo a perder. Vamos, saia da cama!

Emily me arrastou para fora do meu antro obscuro, me levou ao banheiro e me obrigou a lavar meu rosto e pentear o cabelo, depois me levou para a sala de estar e meus olhos se iluminaram: ela havia convidado para nossa casa minha prima Lucia, que morava em Bari, e Roseline, que vivia em Bruxelas. Lucia, da qual eu era próxima mais que de uma irmã, tinha o poder de me fazer rir, pois era irônica, alto astral e engraçada, além de ser sábia. Roseline era uma das minhas melhores amigas, minha companheira de quarto durante os momentos mais difíceis em Siena, a mulher mística e positiva que eu amava muito e a quem eu era ligada por um afeto visceral. Com o passar dos anos, Roseline havia estado muitas vezes em Gravina, juntando-se à minha família independentemente de mim, tanto é que ia visitar minha mãe quando eu estava no exterior. Com a presença de Lucia, também chamada "*Prima*", e Roseline, naquele fim de semana eu saí do labirinto no qual havia me perdido e vivi um intervalo de normalidade, de vida. Em um dia ensolarado, todas nós juntas passeamos pela cidade, fomos fazer compras, cozinhamos, rimos e vivemos momentos de serenidade e felicidade, o que não acontecia há meses. Vi Emily sorrir depois de tanto tempo e senti uma profunda ternura por ela, pelas suas tentativas de me ajudar, e era grata à Lucia e à Roseline pela longa viagem que tinham feito para estar comigo e me mostrar seu apoio e carinho. Com a partida delas, no entanto, caí de novo no meu torpor, as raízes partidas lutavam para crescer novamente, a angústia tomava conta de mim, especialmente a noite, quando era impossível dormir, apesar dos comprimidos que tomava. Sentia uma profunda sensação de fracasso geral, mas o que mais me exasperava era que dentro de mim eu era incapaz de desistir de Gabriel, nem de me conformar com a situação que existia, aceitando o pouco que ele tinha a me oferecer, e que não era suficiente. Consumida pelo meu tormento, tinha ataques de pânico todas as vezes que saía de casa e acabava em lágrimas sem sentido por qualquer coisa. A depressão me paralisava e me prendia na cama por dias, me tirava as forças para continuar e me levava a perseguir ideias suicidas. Todas as manhãs eu reunia as poucas forças que ainda tinha para ir ao trabalho, onde conseguia me distrair. Na Itália, enquanto isso, a epidemia do coronavírus se espalhava, no entanto eu, apesar de ser uma infectologista, continuava parada a observar, sentindo-me ainda mais inútil.

 Por meses continuei navegando no meu mal-estar e para desabafar escrevia páginas e mais páginas no meu diário. Muitas vezes, escrevia atordoada por alguns copos de licor agridoce, e minha caligrafia torta dava vida a um delírio que contava e narrava meu desejo de morrer, o desnorteamento em minha vida, meu tormento por Gabriel, meu sentimento de abandono e minha necessidade dele, apesar de tudo. Naquelas páginas eu derramava o desconforto da distância entre mim e Emily, uma ladainha repetitiva, uma triste elegia. Um copo depois do outro, um comprimido após o outro, meus pensamentos enevoados sussurravam meu fracasso. Emily não precisava mais de mim, Gabriel continuava sua vida sem mim. Quem se importa se eu desaparecer? Morrendo, eu poderia aliviar ambos do fardo da minha existência. Peguei uma gilete e a pressionei sobre meu pulso. "O que você está esperando?", sussurrava uma voz. Ninguém vai sentir sua falta, você é inútil. Eu passei a lâmina sobre meus pulsos, mas os cortes permaneceram superficiais, talvez a gilete fosse velha, talvez eu tivesse medo de ir muito fundo.

— Mãe, o que você está fazendo? — gritou Emily, aterrorizada e com olhos de pavor, quando chegou em casa e me viu com a gilete nas mãos e o sangue nos pulsos.

Ela ligou para a ambulância que me levou para o hospital onde fiquei internada. Não me lembro de quase nada daqueles primeiros dias no hospital, porque eu era prevalentemente sedada; só me lembro que o ambiente era mortificante: pacientes deprimidos, esquizofrênicos, desesperados, loucos. Em cada um deles encontrava um pouco de mim, mas eu queria voltar para casa, pois me sentia desconfortável naquele lugar e no papel de doente. Assim, depois de algumas semanas, consegui ter alta e voltar para casa. Tirei um período de licença do trabalho para me recuperar, mas continuei a vegetar nas minhas paranoias por algum tempo. Gabriel, que eu havia procurado desesperadamente e que de alguma forma havia descoberto o que havia acontecido, reagiu com uma mensagem que me deixava atônita toda vez que eu a lia: "O que aconteceu literalmente me chocou, larguei tudo e fui dar uma volta, apesar do calor".

Ele não tinha corrido para o hospital, mas tinha largado tudo e ido dar uma volta "... apesar do calor".

E na sua volta, tinha se perdido e desaparecido.

Era tudo o que restava de seu grande amor por mim.

A única coisa que me distraía eram as duas gatas irmãzinhas, Aperol e Spritz, depois apelidadas *Magra* e *Gorda*, que Emily me deu de presente, apostando na "pet therapy". As encontrei em casa quando tive alta do hospital, fiquei feliz. Muito doces e carinhosas, elas aqueciam meu coração cada vez que adormeciam do meu lado.

Pouco depois, consegui embarcar como médica nos assim chamados "navios quarentena", nos quais os imigrantes eram mantidos por um período de isolamento antes de desembarcarem na Itália. Finalmente surgia uma oportunidade para um trabalho útil e envolvente que me devolveu um pouco de oxigênio, embora a organização dos serviços oferecidos aos migrantes nos navios fosse precária. Havia grandes contradições e dificuldades na gestão de pessoas que se encontravam a pagar uma nova "pena", a quarentena nos navios, cujo significado eles nem entendiam completamente. O coronavírus causava uma infecção invisível aos olhos, mas que impunha outra odisseia a ser enfrentada antes de entrar no túnel da lenta, incompreensível e exaustiva burocracia de autorizações de vistos jamais concedidos, de pedidos de asilo negados, de exploração e trabalho forçado, mas era evidente que, diante de seus sonhos e de sua esperança de uma vida melhor, não desistiam. As cabines dos navios eram geralmente apertadas e, muitas vezes sem janelas, era permitido uma hora ao ar livre, o que se traduzia em não mais de vinte minutos, pois não havia pessoal suficiente para vigiá-los. Não havia ar para respirar, para encher os pulmões, para acalmar o coração e os medos depois de uma viagem infernal. Como o ar, a água era racionada, apenas um litro e meio por dia. Mas como era possível racionar água? No meio do verão? Em navios no meio do Mediterrâneo? Com temperaturas altas? O leite distribuído às crianças era diluído, como eu tinha comprovado experimentando-o uma vez sem querer. Como era possível diluir o leite para as crianças? Isso era inaceitável para mim, quem quer que fosse o responsável. Apesar de tudo, nós, médicos, fazíamos tudo o que podíamos, com as enfermeiras e os voluntários, mesmo trabalhando doze ou catorze horas por dia. Sentíamos o desespero dos imigrantes, as famílias divididas entre "Covid" e "não Covid", os ataques de pânico das mulheres, as explosões de raiva dos jovens. Os procedimentos de embarque e desembarque eram longos e duravam dias inteiros, horas de esperas intermináveis, cinco, oito, dez, doze horas, lentas, esgotantes, que me faziam pensar nos centros de triagem da Amazon, pacotes a serem dispostos de alguma forma, em algum lugar: positivo com positivo, negativo com negativo, e se algum negativo acabasse com os positivos, fazer o que, que assim fosse. A confusão era tal que os contatos dos negativos podiam ser confundidos com o dos positivos, pois os documentos podiam ter sido colocados em pastas contíguas e se misturavam, pouco importava se os negativos se tornassem inevitavelmente positivos tendo que esperar mais algumas semanas no navio para serem declarados negativos. A disposição dos imigrantes era uma decisão que vinha do alto e as ordens superiores não podiam ser questionadas. Não era importante se quem tinha tomado a decisão sabia pouco ou nada do coronavírus, dos critérios de isolamento, que se tratasse de seres humanos, não era interessante. Eu tinha muita raiva dessa má gestão e da falta de interesse pelas condições dos imigrantes. A magnitude e a complexidade da questão migratória eram óbvias, um enorme desafio, difícil de se compreender se não se visse com os próprios olhos e uma tarefa árdua com a qual lidar, talvez ainda mais do que a própria pandemia da Covid-19.

Depois da experiência nos navios de quarentena, decidi deixar a organização para a qual trabalhava e com a qual eu nunca havia me identificado, discordando na gestão de projetos, inclusive o projeto dos navios "imigrantes". Quando ousei escrever publicamente que era necessário repensar o tratamento dos imigrantes nos navios, causei desagrado em vez de interesse por uma hipotética melhora. Eu tinha um contrato indeterminado, o primeiro contrato sem término da minha vida, mas fiquei tão decepcionada com aqueles que definiam os navios como "cruzeiros de quarentena" que não hesitei em me demitir certa de que, como infectologista, não teria dificuldades em encontrar trabalho.

De fato, alguns dias depois, parti para Lampedusa: um pequeno projeto da CISOM que se ocupava da realização de testes para Covid nos migrantes que passavam pelo centro da ilha. Eu dividia a casa com alguns colegas médicos, pessoas alegres e engraçadas que por quinze dias me fizeram esquecer tudo aquilo que eu queria deixar para trás. Todas as manhãs acordava e via o mar calmo da ilha que me transmitia calma e paz e, apesar de ser novembro, eu ia várias vezes à praia para tomar banho: a natureza é sorridente e benévola em Lampedusa, onde no outono também faz calor e o mar não tem nada a invejar das ilhas do Caribe. Lampedusa foi uma espécie de luz no fim do túnel, talvez tenha sido a demonstração de que era capaz de superar as minhas angústias.

***

Ao terminar minha missão em Lampedusa, retornei a Roma, onde fui contratada como infectologista em um grande hospital romano, em âmbito da emergência da Covid-19. Foi uma nova aventura profissional, um retorno à atividade clínica após anos de experiência em gestão. Gostei de readquirir familiaridade com a medicina hospitalar, retornar ao contato próximo com os pacientes e as suas famílias e redescobrir o componente humano da profissão médica. No hospital, descobri o quanto a dimensão da infecção pelo coronavírus ia além dos números mostrados na televisão. Os números tinham uma cara, olhos, uma voz que mostrava preocupação por uma doença com êxito incerto, e não um anônimo coeficiente estatístico. Como minha mãe, também levada embora pelo Covid-19, eles eram avós, pais, esposas, mães, irmãs, professores, trabalhadores, advogados, babás, engenheiros, pessoas que tinham uma vida fora das paredes brancas do hospital e que estavam encurraladas pela pneumonia do coronavírus, com máscaras de oxigênios ou capacetes, na esperança de não acabar entubadas nas terapias intensivas. Eu vivia a angústia diária dos familiares do outro lado do telefone, parentes ligando todos os dias, na hora marcada, para obter informações sobre seus entes queridos, suas vozes que tremiam com medo de não poder vê-los novamente. Sempre empática com os familiares e feliz em lhes dar notícias, me sentia gratificada nesse novo papel.

Como um guardião cruel e pontual, porém, o demônio da depressão esperava pacientemente à minha porta todos os dias para me levar de volta ao meu vazio existencial. Ele me guiava até minha reserva escondida de vinhos e bebidas alcoólicas, abriria a garrafa, colocaria o copo em minha mão e se assegurava de que ele nunca estivesse vazio. Um dia Emily voltou para casa mais cedo e me pegou em flagrante com um copo de licor na mão enquanto eu falava ao telefone. Ela reagiu com raiva, arrumou suas coisas e saiu de casa batendo a porta, e não apareceu por vários dias. Era Lucia quem me dava notícias e mediava a situação para que ela voltasse para casa, coisa que Emily nem cogitava. Quanto a mim, eu não a procurava, já tinha arruinado sua vida o bastante e não tinha condições de fazê-lo novamente. O fato de Emily ter ido embora de casa representava outro abandono violento, como o de Gabriel, com quem raramente continuava a trocar mensagens vazias sem sentido.

Eu não podia suportar a partida de Emily, então uma noite, na escuridão da minha solidão e desolação, decidi que iria acabar com tudo para sempre, fazendo-me atropelar por um trem. Sabia da coragem que deveria ter para me matar, eu tinha a experiência de outros momentos da minha vida, assim tentei retomar a coragem me entorpecendo com álcool e com psicofármacos. Ingeri uma quantidade indefinida de comprimidos e fui em direção à estação de trem, esperando não falhar dessa vez: escapar do impacto violento seria impossível. Eu estava confusa enquanto vagueava pela plataforma do trem, lágrimas corriam pelo meu rosto, enrugado pela profunda tristeza, quando senti meu braço ser agarrado com gentileza.

— Senhora, você está bem?

As palavras vindas daquela sombra escura chegaram abafadas aos meus ouvidos, depois olhei em minha volta e vi outras duas ou três sombras ao meu redor me fazendo perguntas, às quais eu respondia com sinceridade, por mais confusa que fosse. Mais tarde fiquei sabendo que alguém na estação havia adivinhado minhas intenções e alertado a polícia, que havia chegado com seu carro oficial e me levado ao hospital. O número da minha prima era o último número que aparecia no meu celular, então eles ligaram para Lucia, que, por sua vez, alertou minha filha. Emily, apavorada, foi logo para o hospital onde me encontrou no pronto socorro, amarrada, com um cateter para medicamentos. Contou-me depois que eu estava com o olhar de uma criança perdida e assustada, que partiu seu coração. Além de tudo, eu tinha resultado positivo para o coronavírus, o que dificultava minha internação devido à falta de leitos psiquiátricos para pacientes covid-positivos. Com dificuldade e após muita discussão, Emily conseguiu me levar para casa onde, após alguns dias, adoeci por complicações da Covid-19.

O pano de fundo dos meus dias constava do vazio silencioso da memória de Gabriel, que havia desaparecido completamente da minha vida, até mesmo bloqueado meu número de telefone, me fazendo perder qualquer vestígio dele.

***

Durante minha lenta recuperação, foi o ato de escrever a maneira de encontrar paz, me permitia colocar todos os meus pensamentos em meus diários, especialmente os piores, deixando que as páginas escritas fossem uma urna fúnebre para o meu sofrimento. Quando escrevia, eu me catapultava em um lugar seguro, um lugar de fuga, o mesmo que tinha começado a construir desde criança, quando aos treze anos me deram de presente meu primeiro diário. Dezenas de volumes, encadernados ao longo do tempo em capas vermelhas, guardavam a minha verdadeira essência, além das aparências, páginas e páginas nas quais fui despojada da armadura da invencível supermulher, da heroína dos necessitados, da viajante destemida, e me mostrava como uma mulher em carne e osso, cheia de fraturas e feridas. Por toda a minha vida eu tinha deixado que as pessoas ao meu redor tivessem uma visão diferente daquilo que era a minha percepção, o que, contudo, se refletia em meus diários, no quais eu era capaz de me espelhar. Entre aquelas páginas reencontrava o sonho ingênuo daquela menina que queria ser freira e salvar o mundo, o medo daquela jovem estudante diante do sexo, os estilhaços de bala cravejados em meu crânio, os sorrisos de todas aquelas pessoas que eu tinha curado e as lágrimas pelas vidas que eu não consegui salvar. E ainda Emily, a minha menina, a minha jovem mulher, a minha futura anestesista: ninguém pode imaginar o quanto eu era grata àquela vigorosa batida de coração que ouvi no dia da ecografia e que apagou para sempre da minha mente a ideia de querer satisfazer os desejos e as vontades dos meus pais. Cada pessoa, cada lágrima, cada emoção e cada sentimento estavam gravados ali, entre aquelas páginas. Por muitos anos eu tinha impedido qualquer pessoa de lê-los, de acessar este meu mundo, até minha filha e os homens mais importantes da minha vida: pensei que eles jamais entenderiam, que, afinal, meus pensamentos, minha vida diária e minhas impressões e percepções os aborreceriam imensamente. Por muito tempo, deixei que minha vida interior se desenrolasse somente ali. Passava dias inteiros num completo desalento em uma cama que era grande demais para mim. Dentro dessas páginas estava a minha verdade, tanto a melhor quanto a pior.

Peguei a caneta e abri meu diário de 2021, na data de hoje. Há algumas semanas enviei meu currículo para algumas organizações humanitárias para ir trabalhar no Iêmen, em uma explosão de entusiasmo quis redescobrir a paixão e a beleza do meu trabalho dedicado ao cuidado daqueles que lutam pela sobrevivência em meio à guerra e à fome. Ao mesmo tempo, reflito que talvez seja melhor ficar em Roma, ao lado da minha filha, por mais algum tempo.

Não sei quanto tempo terá que passar até que minhas raízes sejam suficientemente fortes para me sustentar, mas neste momento sinto que não estou sozinha, que meu apoio está ao meu lado e nunca me abandonou. A porta de casa se abre, Emily acaba de voltar, seus olhos sorriem pela máscara, cansada depois de um longo plantão no hospital. Me levanto da cadeira e vou dar-lhe um beijo na testa, seguido de um longo e forte abraço.

— Oi, estrelinha, como foi seu dia?

— Estou morrendo de fome.

Pelo menos por esta noite quero que toda a minha atenção esteja concentrada somente nela. O diário ainda está aberto sobre a mesa, com a última frase deixada pela metade, mas eu não me preocupo em fechá-lo, não tenho mais medo de ser vista pelo que sou.